文成
天縱

續宋本叢書

宋王黄州小畜集

上

〔宋〕王禹偁 撰

廣西師範大學出版社
GUANGXI NORMAL UNIVERSITY PRESS
·桂林·

宋王黄州小畜集
SONG WANG HUANGZHOU XIAOXUJI

出版統籌：湯文輝
出 品 人：喬祥飛
特邀編審：徐　蜀
責任編輯：郭婷婷
助理編輯：劉一江
責任校對：劉艷艷
責任技編：王增元
書籍設計：常晋一

圖書在版編目（CIP）數據

宋王黄州小畜集 ：上、下 ：繁體 / （宋）王禹偁撰. -- 影印本. -- 桂林 ：廣西師範大學出版社，2023.7
（續宋本叢書）
ISBN 978-7-5598-6111-5

Ⅰ. ①宋… Ⅱ. ①王… Ⅲ. ①古典詩歌－作品集－中國－北宋②古典散文－作品集－中國－北宋 Ⅳ. ①I214.42

中國國家版本館 CIP 數據核字（2023）第 105124 號

廣西師範大學出版社出版發行
（廣西桂林市五里店路 9 號　郵政編碼：541004
網址：http://www.bbtpress.com）
出版人：黄軒莊
全國新華書店經銷
三河弘翰印務有限公司印刷
（河北省三河市黄土莊鎮二百户村北　郵政編碼：065200）
開本：889 mm × 1 194 mm　1/16
印張：57.5　　字數：920 千
2023 年 7 月第 1 版　　2023 年 7 月第 1 次印刷
定價：1980.00 元（上、下）

出版説明

《宋王黄州小畜集》三十卷，宋王禹偁撰，清乾隆二十五年（一七六〇）趙熟典愛日堂刻本，十册，中國國家圖書館藏。原書高二十九點二釐米，寬十八點六釐米。版框高二十一點九釐米，寬十六釐米。四周雙邊，黑口，雙魚尾，每半葉十一行，行二十二字。内封題『乾隆丁丑重校/宋王黄州小畜集/愛日堂藏板』。卷端題『宋王黄州小畜集卷第一』，版心上鎸『宋王黄州小畜集』、卷數，下鎸葉數。正文行間有校改，天頭、地脚有批注。本書先後經清吴翌鳳、黄丕烈、張紹仁校并跋。其中朱筆爲吴翌鳳據盧文弨鈔本校，墨筆爲張紹仁據殘存宋刻本和吾研齋補鈔本校，以宋本校者皆以『宋本』橢圓印章爲標志。每卷卷末有朱筆『校』字，墨筆『宋刻本校』『吾研齋補鈔本校』等字樣。卷十二墨筆爲黄丕烈校。卷一末有吴翌鳳跋，卷一、四末有黄丕烈跋，卷三十末有張紹仁跋。此外，卷首《王黄州小畜集序》有傅增湘批校；卷十一第九葉有浮簽，爲郁松年批注。

《小畜集》是宋真宗咸平三年（一〇〇〇）王禹偁貶知黄州時自己編定并命名、作序的詩文集。全書共三十卷。卷一爲古賦，卷二爲律賦，卷三至五爲古調詩，卷六爲古詩，卷七至十一爲律詩，卷十二至十三爲歌行，卷十四爲雜文，卷十五爲論，卷十六至十七爲碑記，卷十八爲書，卷十九至二十爲序，卷二十一至二十四爲表，卷二十五爲箋、啓，卷二十六至二十七爲擬試内制五題，卷二十八至二十九爲碑志，卷三十爲志、碣。《王黄州小畜集序》曰：『年四十有六，髮白目昏，居常多病，大懼没世而名不稱矣。因閲平生所爲文，散失焚弃之外，類而第之，得三十卷』，編成之後，王禹偁以《周易》『乾之小畜』的卦辭命名此集，『乾之象曰「君子以自强不息」，是禹偁修辭立誠、守道行己之義也。小畜之象曰「風行天上，小畜，君子以懿文德。」説者曰「未能行其施，故可懿文而已。」是禹偁位不能行道，文可以飾身也，集曰「小畜」不其然乎』。

王禹偁（九五四—一〇〇一），字元之，濟州鉅野（今屬山東）人。宋太宗太平興國八年（九八三）登進士第，授成武（今屬山東）主簿，徙知長洲縣（今屬江蘇），改大理評事。端拱初年召試，擢右拾遺并直史館。咸平初預修《太祖實録》，直書犯諱，貶知黄州。咸平四年（一〇〇一）五月卒於蘄州（今屬湖北），年四十八歲。其生平見《宋史·王禹偁傳》《東都事略》等。王禹偁秉性剛直，主張改革，多次上書言事，屢遭貶謫，先後作《端拱箴》《禦戎十策》等。據《宋史·王禹偁傳》所載『禹偁辭學敏贍，遇事敢言，喜臧否人物，以直躬行道爲己任』，『爲文著書，多涉規諷，以是頗爲流俗所不容，故屢見擯斥。所與游必儒雅，後進有詞藝者，極意稱揚之』。在文學方面，王禹偁反對宋初華靡文風，提倡平易樸素，於詩推崇杜甫、白居易，於文崇尚韓愈、柳宗元，是北宋詩文革新運動的先驅者。有《小畜集》《小畜外集》等傳世。

今天可以考知詳情并有殘本傳世的《小畜集》是南宋紹興十七年（一一四七）黄州刻本。時任黄州知州的沈虞卿久慕王禹偁其人其文，又念王禹偁曾知黄州，便取家藏舊本，重加校勘，鏤板以行。據刊印牒文可知此本總計十六萬三千八百四十八字，四百三十二板，分裝八册。此本後有沈虞卿自撰跋文曰：『内翰王公……平生撰著極富，有手編文集三十卷，名曰《小畜集》。其文簡易醇質，得古作者之體，往往好事者得之珍秘不傳，以故人多未見。』『因以家笥所藏《小畜集》八本，更加點勘，鳩工鏤板，以廣其傳，庶與四方學者共之。』

《小畜集》現通行刻本有南宋紹興十七年黄州刻遞修本。此本左右雙邊，白口，每半葉十一行，行二十二字。此本爲殘本，今存卷十二至十六、卷十八至二十四，其中卷十四缺第九葉，卷十六缺第十三至十五葉，卷十八缺第一至七葉，卷十九缺第十五、十六葉，卷二十四缺第十一至十三葉，缺卷缺葉以清吕無黨吾研齋鈔本補足。此本曾爲黄丕烈藏，卷尾有黄丕烈跋文，現藏於國家圖書館。《四部叢刊初編》二次影印時即據此本。此本後收入《中華再造善本》。

本次影印出版《小畜集》所據底本爲清乾隆二十五年趙熟典愛日堂刻本，是目前所存最早的清代刻本。該本據宋本鈔出的本子刻印，據所附跋文以及卷首、尾的鈐印可知先後經吴翌鳳、張紹仁、郁松年、傅增湘等遞藏。傅增湘《藏園群書題記》著録：『此乾隆庚辰山右趙熟典刻本……趙刻亦稱據宋槧鈔本，半葉十一行，行二十二字，與宋本同。惟行格字體，多有改易，又傳鈔之誤，諸本皆不能免。』

卷首趙熟典《重校宋王黄州小畜集序》末署『乾隆歲次庚辰中秋，晋太平趙熟典書於愛日堂之西偏』，其序曰：『近得宋槧鈔本於長安市，遂令鈔成，細加讎校，歸里養親，於今三載，厥工始竣。』趙序後有墨筆手書的宋刻本各卷的殘存情况，據所附跋文可知當爲張紹仁校録。次《宋史本傳》，下署『元脱脱編』。次王禹偁《王黄州小畜集序》。王禹偁序後爲《宋王黄州小畜集總目録》，下署『太平趙熟典厚五重校』。卷末沈虞卿《宋王黄州小畜集原序》和宋刻本刊印牒文，後有張紹仁墨筆手鈔的明萬曆三十八年（一六一〇）謝肇淛跋。

王禹偁《王黄州小畜集序》『淳化二年，歲在辛卯，禹偁王制誥舍人貶商州團練副使，至道二年乙未歲，又自翰林學士黜守滁上得尚書工部郎』中『王』字，傅增湘校改爲『自』。吾研齋鈔本無『制誥舍人貶商』六字和『又自翰林學』五字，但留出相應位置。所在葉有傅增湘校記『自制誥舍人貶商七字，自翰林學四字，據明鈔本補』。

本書行格與宋本不盡相同。本書總目録每卷題後有該卷詩文總數，如『第一卷 古賦五首』，部分卷缺或有誤，清人吴翌鳳以朱筆補校。每卷目録、正文分别另葉單出。目録題『宋王黄州小畜集卷第一目録』，先著詩文體裁，後著詩文名稱。卷端題『宋王黄州小畜集卷第一』。又如卷二《律賦》序言在本卷目録之後頂格排列，宋本則在目録之前低三格排列。

本書文字較之宋本亦有增補，如卷一《園陵犬賦》『飼以公庖彭澤之魚兮，曾何足道，畜之土性西旅之獒兮』，吾研齋補鈔本則無『曾何足道』四字。卷四《故殿中侍御史滎陽鄭公》『構思慶雲合，落筆醴泉涌』，『構』字補鈔本空出；卷十五《鄭善果非正人論》『光肯構之孝心』，宋本中『構』字缺右半邊，當爲避諱宋高宗趙構名諱；又如宋本中『敬』『桓』『徵』等字缺末筆，本書皆補充完整。本書校勘亦頗精審，如卷十二《送姚著作之任宣城》『今春忽命姚著作，學術縱横才磊落』，『姚』字，宋本作『桃』；又如《賦得南山行送馮中允之辛谷冶按獄》『畫衣畫地免煩苛，抵璧損金返淳素』，『璧』字，宋本作『壁』，據文意應以本書爲準。

清人對本書褒貶不一，吴翌鳳跋文曰：『此晋中刻本，行款不古，誤謬尤甚，重加點勘，儲作副本可耳。』黄丕烈則以爲：『其行款悉與宋刻同，字句亦不甚大异。序云「近得宋槧鈔本於長安市」，當不誣也。唯重刊時細加讎校，不無有金銀之誤耳。校翁所據，雖出名人校本，然未見宋刻，究恐改是爲非，且宋刻亦有誤處，必得目驗，始可信耳。』

本書鈐印較多。卷首《重校宋王黄州小畜集序》鈐有『執經堂藏善本』『泰峰』『郁松年印』『藏園』等。《王黄州小畜集序》鈐有『長洲張紹仁學安圖書記』『秘笈』『增湘之印』『沅叔』。《宋王黄州小畜集總目録》鈐有『執經堂張氏藏書印』『傅增湘印』『食字齋』。卷一目録鈐有『張紹仁印』『學安』『訒庵居士』『江安傅增湘沅叔珍藏』。卷端鈐有『張紹仁圖書印』『讀異齋校正善本』『雙鑑樓珍藏印』等。書尾鈐有『豈爲聲名勞七尺』『吴郡張紹仁學安氏印』『訒庵珍藏』『傅增湘』『藏園老人』『江安傅氏藏園鑒定書籍之印』等。

此外，本書各卷目録、卷端右下，卷末左下皆有鈐印，應屬張紹仁藏印，包括『張紹仁圖書印』『學安手校』『吴郡張紹仁校』『張學安印』『長宜子孫』『巽夫』『張氏書印』『悟雲』『仁壽里人』『緑筠廬』『卧雲逋客』『情纏典素』『張紹仁讀書記』『静寄東軒』『習閒成懶』『讀異齋藏』『張氏秘篋』『孝友傳家』『張氏學安藏本』『我實幽居士』『張學安』『清河郡圖書印』『吴郡張紹仁學安藏書』『玉山人印』『訒庵珍藏』『讀異齋』『訒庵居士』『學業疏人事搜書減夜眠』『蘇臺逸史』『弓正苗裔』『張氏學安』『撫松拜石山房』『書癖』『卧雲樓』『茂苑張紹仁學安家藏』『長州張氏』等印章。傅增湘《校本小畜集三十卷跋》提到：『卷首尾有凡七十印，無複出者，其人殆書癖兼印癖歟！』

趙氏刻本據宋刻鈔本刊印，出於宋本，較之宋本又有所增補。後期吴翌鳳、張紹仁、黄丕烈等學者藏家據盧文弨校本、宋刻殘本、吾研齋補鈔本等讎校批注，一一校録各本的内容、行款等异同。本書既爲名家校本，又附張紹仁、黄丕烈等各家跋文，學術價值與版本價值兼具。此外，本書收録王禹偁詩文作品多，涉及詩、賦、雜文、序、表、碑志等文體，作品題材廣泛，内容多反映現實、諷刺教化，對當時的政治現實有所揭露，同時體現了王禹偁古雅簡淡的創作風格，史料價值與文學價值兼具。此次爲趙熟典愛日堂刻本首次影印出版，既爲判斷研究《小畜集》版本系統和源流提供參考，又爲學者研究王禹偁本人的政治思想、文學作品以及北宋初的社會狀況等提供了資料。

廣西師範大學出版社北京文獻出版中心

二〇二三年六月

總目録

上册

下册

校宋本王黄州小畜集

硃筆吳枚菴手校盧召弓所鈔本
墨筆張紹仁手校殘宋本吾研齋
鈔本第十二卷係黄蕘夫據第一
卷末有吳枚菴黄蕘夫跋

乾隆丁丑重校

宋王黄州小畜集

愛日堂藏板

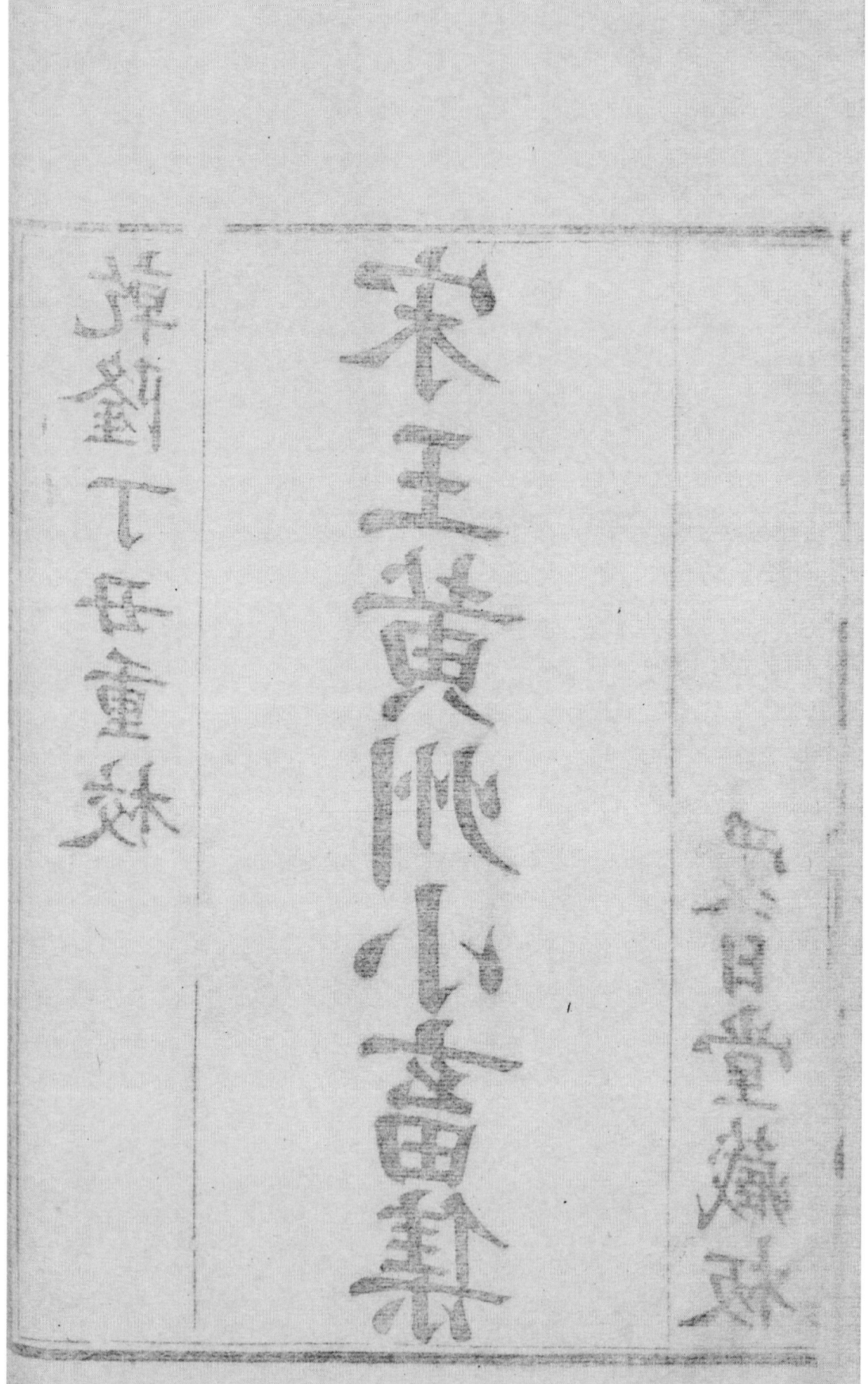

重校宋王黃州小畜集序

余鐫宋王黃州小畜集三十卷成作而嘆曰予之鐫斯集豈謾然以鐫耶愛其詩古文辭幾二十載欲覽全璧維艱且久近得宋槧鈔本於長安市遂令鈔成細加讎校歸里養親於今三載厥工始竣機行宇內以大其傳有友進而言曰子之誦詩亦有年矣於唐賢王孟韋柳李杜白賈之流所云卓卓而矯矯者都未之梓而急急宋小畜集之是舉無乃黜唐尊宋失所愛之輕重乎予曰否否唐賢

之集箋疏流布幾於家有之非斯可比予之鐫非謾然以鐫也且論公者以公當宋初西崑體盛獨能學杜學白開宋風氣即歐公之在蘇梅上者亦承接其流響澤州相國陳公以香山之詩較義山為優公之詩可知矣有明孫子爽以公薦丁謂書似為失言而實無損於公公薦謂於束身砥行瑰瑋文詞不詭不隨誠為端人之日而非晚節不振利欲汨心富貴是圖顯於正類為仇而排且陷之之時公之薦也好賢而樂善而且於生死富貴得

失輕重之間講之已熟是以三點不悔無幾微之有憾公之文可知矣公之人品文章卓卓而矯矯可愛有如此而見而搆之難且如彼今之斯舉豈黜唐尊宋謾然以鐫也耶友人聞之唯唯而退遂書於簡首

乾隆歲次庚辰中秋晉太平趙熟典書於愛日堂之西偏

宋槧小畜集舊藏沈辨之野竹齋卷首又有惠松厓印殘本今在黃蕘翁百宋一廛

第十二卷全　九葉　　第十三卷全　七葉

第十四卷　存九葉闕第九葉　　第十五卷全　十葉

第十六卷　存十五葉闕第十三至十五三葉　　第十八卷　存十葉闕第一至七七葉

第十九卷　存十四葉闕第十五十六二葉　　第二十卷全　十六葉

第二十一卷全　十七葉　　第二十二卷全　十七葉

第二十三卷全　十五葉　　第二十四卷　存十葉闕第十一至末三葉

宋刻存一百四十九葉餘缺卷缺葉皆吾研齋補鈔

宋史本傳　　元脫脫編

王禹偁字元之濟州鉅野人世為農家九歲能文畢士安見而器之太平興國八年擢進士授成武主簿徙知長洲縣就改大理評事同年生羅處約時宰吳縣日相與賦詠人多傳誦端拱初太宗聞其名召試擢右拾遺直史館賜緋故事賜緋者給塗金銀帶上特命以文犀帶寵之即日獻端拱箴以寓規諷時北庭未寧訪羣臣以邊事禹偁獻禦戎十策大約假漢事以明之漢十二君言賢明者文景也言昏亂者哀平也然而文景之世軍臣單于最為强盛肆行侵掠候騎至雍火照甘泉哀平之時呼韓邪單于每歲來朝委質稱臣邊烽罷警何耶蓋漢文當軍臣强盛之

時而外任人內修政使不能為深患者由乎德也哀平當呼韓衰弱之際雖外無良將內無賢臣而致其来朝者繫於時也今國家之廣大不下漢朝陛下之聖明豈讓文帝契丹之强盛不及軍臣單于至如撓邊侵塞豈有侯騎至雍而火照甘泉之患乎亦在乎外任人內修德爾臣愚以為外則合兵勢而重將權罷小臣詗邏邊事行間諜離其黨遣趙保忠折御卿率所部以掎角下詔感勵邊人使知取燕薊舊疆非貪其土地內則省官以寬經費抑文士以激武夫信用大臣以資其謀不貴虛名以戒無益禁游惰以厚民力帝深嘉之又與夏侯嘉正羅處約杜鎬表請同校三史書多所釐正二年親試貢士召禹偁賦詩立就上

悅曰此不踰月遍天下矣即拜左司諫知制誥是冬京城旱禹偁疏云一穀不收謂之饉五穀不收謂之饑饉則大夫以下皆損其祿饑則盡無祿廩食而已今旱雲未霑宿麥未茁既無積蓄民饑可憂望下詔直云君臣之間政教有闕自乘輿服御下至百官奉料非宿衛軍士邊庭將帥悉第減之上答天譴下厭人心俟雨足復故臣朝行中家最貧奉最薄亦願首減奉以贖耗蠹之咎外則停歲市之物內則罷工巧之伎近城掘土侵冢墓者瘞之外州配隷之衆非贓盜者釋之然後以古者猛虎渡河飛蝗越境之事戒勅州縣官吏其餘軍民刑政之弊非臣所知者望委宰臣裁議頒行但感人心必召和氣未幾判大理寺廬州

妖尼道安誣訟徐鉉道安當反坐有詔勿治禹偁抗疏雪
鉉請論道安罪坐貶商州團練副使歲餘移解州四年召
拜左正言上以其性剛直不容物宰相戒之直昭文館丐
外任以便奉養得知單州賜錢三十萬至郡十五日召為
禮部員外郎再知制誥屢獻討李繼遷便宜以為繼遷不
必勞力而誅自可用計而取謂宜明數繼遷罪惡曉諭蕃
漢重立賞賜高與官資則繼遷身首不梟即擒矣其後潘
羅支射死繼遷夏人款附卒如禹偁策至道元年召入翰
林為學士知審官院兼通進銀臺封駁司詔命有不便者
多所論奏孝章皇后崩遷梓宮于故燕國長公主第群臣
不成服禹偁與客言后嘗母儀天下當遵用舊禮坐謗訕

罷為工部郎中知滁州初禹偁嘗草李繼遷制送馬五十匹為潤筆禹偁却之及出滁閩人鄭褒徒步來謁禹偁愛其儒雅為買一馬或言買馬虧價者太宗曰彼能却繼遷五十馬顧肯虧一馬價哉移知揚州真宗即位遷秩刑部會詔求直言禹偁上疏言五事一曰謹邊防通盟好使輦運之民有所休息方今北有契丹西有繼遷契丹雖不侵邊戍兵豈能減削繼遷既未歸命餽餉固難寢停關輔之民倒懸尤甚臣愚以為宜敕封疆之吏致書遼臣俾達其主請尋舊好下詔赦繼遷罪復與夏臺彼必感恩內附且使天下知陛下屈己而為民也二曰減冗兵併冗吏使山澤之饒稍流於下當乾道開寶之時土地未廣財庫未豐

然而繫河東備北鄙圖用未足兵威亦强其義安在有所蓄之兵銳而不衆所用之將專而不疑故也自後盡取東南數國又平河東土地財賦可謂廣且豐矣而兵威不振國用轉急其義安在有所蓄之兵冗而不盡銳所用之將衆而不自專故也臣愚以為宜經制兵賦如開寶中則可高枕而治矣且開寶中設官至少臣本魯人占籍濟上未及第時一州止有刺史一人司户一人當時未嘗闕事自後有團練推官一人太平興國中增置通判副使判官推官而監酒榷稅算又增四員曹官之外更益司理問其租稅減於曩日也問其人民逃於昔時也一州既爾天下可知冗吏耗於上冗兵耗於下此所以盡取山澤之利而不

能足也夫山澤之饒與民共之自漢以来取為國用不可棄也然亦不可盡也只如茶法從古無税唐元和中以用兵齊蔡始税茶唐史稱是歳得錢四十萬貫今則數百萬矣民何以堪臣故曰減冗兵併冗吏使山澤之利稍流於下者此也三曰艱難選舉使人官不濫古者鄉舉里選為官擇人士君子學行修於家然後薦之朝廷歷代雖有沿革未嘗遠去其道隋唐始存科試太祖之世每歳進士不過三十人經學五十人重以諸侯不得奏辟士大夫罕有資蔭故有終身不獲一第没齒不獲一官者太宗毓德王藩覩其如此臨御之後不求備以取人舍短用長拔十得五在位將逾二紀登臨殆近萬人雖有俊傑之才亦有容

易而得臣愚以爲數百年之艱難故先帝濟之以泛取二十載之霈澤陛下宜糾之以舊章望以舉場還有司如故事至於吏部銓官亦非帝王躬親之事自来五品已下謂之旨授官令慕職州縣而已京官雖有選限多不施行臣愚以為宜以吏部還有司依格敕注擬可也四曰沙汰僧尼使疲民無耗夫古者惟有四民兵不在其數葢古井田之法農即兵也自秦以来戰士不服農業是四民之外又生一民故農益困然執干戈衛社稷理不可去漢明之後佛法流入中國度人修寺歷代增加不蠶而衣不耕而食是五民之外又益一而為六矣假使天下有萬僧日食米升歲用絹一匹是至儉也猶月費三千斛歲用萬縑何況

五七萬輩哉不曰民盡得乎臣愚以為國家度人衆矣造
寺多矣計其費耗何啻億萬先朝不豫捨施又多佛若有
靈豈不蒙福事佛無效斷可知矣願陛下深鑒治本亟行
沙汰如以嗣位之初未欲驚駭此輩且可以二十載不度
人修寺便自銷鑠亦救弊之一端也五曰親大臣遠小人
使忠良蹇諤之士知進而不疑奸憸傾巧之徒知退而有
懼夫君為元首臣為股肱言同體也得其人則勿疑非其
人則不用凡議帝王之盛者豈不曰堯舜之時契作司徒
咎繇作士伯事典禮后夔典樂禹平水土益作虞官委任
責成而堯有知人任賢之德雖然堯之道遠矣臣請以近
事言之唐元和中憲宗嘗命裴垍銓品庶官垍曰天子擇

宰相宰相擇諸司長官自擇僚屬則上下不疑而政成矣識者以洎為知言願陛下遠取帝堯近鑒唐室既得宰相用而不疑使宰相擇諸司長官自取僚屬則垂拱而治矣古者刑人不在君側語曰放鄭聲遠佞人是以周文王左右無可結轍者言皆賢也夫小人巧言令色先意希旨事必害正心惟忌賢非聖明不能深察舊制南班三品尚書方得升殿比來三班奉職或因遣使亦許升殿惑亂天聽無甚於此願陛下振舉綱紀尊嚴視聽在此時矣臣愚又以為今之所急在先議兵使衆寡得其宜措置得其道然後議吏使清濁殊塗品流不雜然後艱選舉以塞其源禁僧尼以去其耗自然國用足而王道行矣疏奏

召還復知制誥咸平初預修太祖實錄直書其事時宰相張齊賢李沆不協意禹偁議論輕重其間出知黃州嘗作三黜賦以見志其卒章云屈於身而不屈於道兮雖百謫而何虧三年濮州盜夜入城略知州王守信監軍王昭度禹偁聞而奏疏略曰伏以體國經野王者保邦之制也易曰王公設險以守其國自五季亂離各據城壘豆分瓜剖七十餘年太祖太宗削平僭偽天下一家當時議者乃令江淮諸郡毀城隍收兵甲徹武備者二十餘年書生領州大郡給二十人小郡減五人以充常從號曰長吏實同旅人名為郡城蕩若平地雖則尊京師而抑郡縣為强幹弱枝之術亦匪得其中道也臣比在滁州值發兵挽漕關城

無人守禦止以白直代主開閉城池頽圯鎧仗不完及徙
維揚稱爲重鎮乃與滁州無異嘗出鎧甲三十副與巡警
使臣彀弩張弓十損四五蓋不敢擅有修治上下因循遂
至於此今黃州城雉器甲復不及滁揚萬一水旱為災盜
賊竊發雖思禦備何以枝梧蓋太祖削諸侯跋扈之勢太
宗杜僭偽覬望之心不得不爾其如設法救世久則弊生
救弊之道在乎從宜疾若轉規固不可膠柱而鼓瑟也今
江淮諸州大患有三城池墮圮一也兵仗不完二也軍不
服習三也濮賊之興慢防可見望陛下特紆宸斷許江淮
諸郡酌民戶衆寡城池大小並置守捉軍士多不過五百
人閱習弓劍然後漸葺城壁繕完甲冑則郡國有禦侮之

備長吏免剽略之虞矣疏奏上嘉納之四年州境二虎鬭其一死食之殆半群鷄夜鳴經月不止冬雷暴作禹偁手疏引洪範傳陳戒且自劾上遣內侍乘驛勞問醮禳之詢日官云守土者當其咎上惜禹偁才是日命徙蘄州禹偁上表謝有宣室鬼神之問不望生還茂陵封禪之書止其身後之語上異之果至郡未踰月而卒年四十八訃聞甚悼之厚賻其家賜一子出身禹偁詞學敏贍遇事敢言喜臧否人物以直躬行道為已任甞云吾若生元和時從事於李絳崔群間斯無媿矣其為文著書多涉規諷以是頗為流俗所不容故屢見擯斥所與遊必儒雅後進有詞藝者極意稱揚之如孫何丁謂輩多游其門有小畜集三十

卷承明集十卷集議十卷詩三卷子嘉祐嘉言俱知名嘉祐為館職寇準曰吾尹京外議云何對曰人言丈人且入相準曰於吾子意何如嘉祐曰以愚觀之不若不為相之善也相則譽望損矣自古賢相所以能建功業澤生民者其君臣相得如魚之有水故言聽計從而臣主俱榮今丈人負天下重望中外有太平之責焉丈人於明主能若魚之有水乎準大喜執其手曰元之雖文章冠天下至於深識遠慮或不逮吾子也嘉祐官不顯嘉言以進士第為江都簿真宗嘗觀禹偁奏章嗟美切直因訪其後宰相以嘉言聞即召對擢大理評事至殿中侍御史曾孫汾舉進士甲科仕至工部侍郎入元祐黨籍

自制誥舍人貶商七字自翰林學四字據明鈔本補增湘記丙寅四月

王黃州小畜集序

湻化二年歲在辛卯禹偁王自制誥舍人貶商州團練副使至道二年乙未歲又自翰林學士黜守滁上得尚書工部郎中明年十二月移知廣陵又明年三月

今上嗣位復以刑部郎中入西掖咸平二年守本官知齊安郡年四十有六髮白目昏居常多病大懼沒世而名不稱矣因閱平生所為文散失焚弃之外類而第之得三十卷將名其集以周易筮之遇乾䷀乾下乾上之小畜䷈乾下巽上乾之象曰君子以自強不息是禹偁修辭立誠守道行己之義也小畜之象曰風行天上小畜君子以懿文德説者曰未能行其施故可懿文而已是禹偁位不能行道文可以飾身

也集曰小畜不其然乎咸平三年十二月晦日太原王禹
偁序

上空五格

宋王黃州小畜集總目錄

太平趙熟典厚五重校

碑記十首

第十七卷

碑記十首

第十八卷

書十二首

第十九卷

序十五首

第二十卷

序十五首

第二十一卷

表三十首

第二十二卷
表三十道
第二十三卷
表二十二道
第二十四卷
表十八道
第二十五卷
牋啟十五道
第二十六卷
擬試內制五題三十道凡四副
第二十七卷

擬試内制五題二十道凡四副

第二十八卷

碑誌五道

第二十九卷

碑誌五道

第三十卷

碑碣四道

宋王黃州小畜集總目錄終

抄本目録即在每
卷文前不另業
宋刻与鈔本同

宋王黄州小畜集卷第一目録

古賦

予目上
空五格
下卷倣
此

首二行行後皆放此

每篇題上空四格連前目録宋刻如此

序每行低五格

案宋刻第十三卷中謌行有序亦頂格不低吾研齋補鈔卷中序或低五格或低三格又擡頭提行皆無与宋刻體例不合姑畧記鈔本款式如此未見宋槧不能信也

王黃州小畜集卷第一

古賦

□□□□籍田賦 并序

臣謹按周制孟春之月天子親載耒耜躬耕籍田所以事天地山川社稷先王醴酪粢盛於是乎取之恭之至也自周德下衰禮文殘缺故宣王之時有虢公之諫秦皇定霸鮮克由禮漢祖隆興日不暇給孝景始復行焉昭帝弄田亦其義也後漢永平中明帝東巡耕於懷縣非古制焉魏氏親耕闕百官之禮蓋草創爾晉武太始之年略脩墜典宋文元嘉之代亦舉舊章齊用丁亥之辰梁以建卯之月後魏北齊沿革有異隋朝唐室文物可觀太宗行之於前

籍下同

明皇繼之然後自茲已降廢而不行將煥先農必待真主
皇家享國三十載陛下嗣統十四年武功以成文理以定
乃下明詔耕於東郊百執悅隨三農知勸禮官博士蹈舞
而草儀甸師嗇夫詩詠而供職右拾遺直史館王禹偁再
拜而颺言曰耕籍田之義大矣哉千畝之田三推之禮所
以教諸侯而事上帝率人力而成歲功實邦國之彝章皇
王之大典昔潘安仁賦之於晉岑文本頌之於唐今王道
行矣王籍脩矣神功帝業煥其有光宜暢頌聲以播樂府
謹上籍田賦一章雖不足形容盛德亦小臣勤拳之至也
其詞曰
十四年兮帝業遐宣寰區晏然乃順考於古道將躬耕乎

籍田務本勸農稽前文而備矣事神教養舉墜典以行焉
萬國歡心而懌懌百官供職以虔虔草儀注於有司議沿
革於遺編築壇墠之三陛開阡陌之百廛文物聲明合禮
經而有度旌旗衣服應方色而不愆既而屆孟春擇元日
太史先奏天子將出是月也遒人狥路星鳥中律當東郊
之迎春是東作之平秩皇帝於是即齋宮辭帝室戒錫鑾
嚴警蹕乘青輅以有威儼朱紘而無逸佩乎玉也懸黎之
色蒼蒼載其旂焉干呂之雲鬱鬱屬車負播殖之器後宮
獻穜稑之實紅縻黛耜服葱犗以陸離縹軛紺轅駕蒼龍
而飄欻太常之禮具舉司農之屬各率甸師掌舍譫御陌
以惟嚴封人野廬設遺宮而靡失於國之東千官景從風

清塵而習習雨洒道以濛濛時也木德盛陽氣充春芒甲
折青青兮葱葱春土脉起油油而溶溶冠蓋蔽野珮環咽
風狀浮雲兮隨應龍旂幟張日車徒塞空若衆星兮環紫
宮脩農事以惕惕襲春服之重重爾乃配少皥祠先農尸
祝無媿豆籩以供太牢之牲薦之而肥腯太簇之樂奏之
而春容於是修帝籍勞聖躬撫御耦以無怠履游場而有
蹤將循乎千畝之制豈止乎數步之中耕鈎盾之弄田但
矜兒戲脩建康之春籍未煥農功有以見萬乘之尊三推
而舍或五或九降殺之義有倫爾公爾侯貴賤之班相亞
嗇夫灑種以斯畢庶人終畝而告罷千耦其耕煥乎禮成
播百穀兮率人力歌載芟兮揚頌聲將見乎餘糧棲畝腐

粟如京神倉令納乎黍稷以備粢盛廩犧氏收其藁秸用飼犧牲親畎畝兮化被重民天而教行自得訓農之實非貪慕古之名然後下青壇歸絳闕百姓知勸羣后咸謁在鎬之宴啟歌虞之音發獻萬壽兮懽呼奏九韶兮鏗越開三面以行惠宥五刑而慎罰恩流於孝悌力田德被於雕題辮髮興五土之利固必躬而必親同三代之風復不矜而不伐大矣哉籍田之禮豈三年而不為躬耕之義將百代而可知我所以舉久廢之典定不刊之儀慮弗勤於四體將有害於三時務農桑兮為政本與禮節兮崇教資民乃力穡歲無阻饑神農斲木之功我其申矣后稷播時之利我得兼之供秬鬯以斯在介豐年而有期丕顯事天之

禮誕歌詞祈社之詩祀山川兮神鑒明矣配祖考兮德馨遠
而永錫純嘏用光孝思乃作頌曰
倬彼東郊公田是闢大君戾止言耕其籍帝籍既修乃及
公侯親爾耒耜勤爾田疇言采黍稷祀于圜丘億萬斯年
以承天庥又曰倬彼東郊耕壇其崇大君戾止言訓其農
農功既勗乃知榮辱爾家以給爾人以足言奉蒸嘗徧于
比屋億萬斯年以介景福

園陵犬賦

嘉彼御犬既良且馴蒙先朝之乃眷向皇宮而託身有警
蹕以皆從無起居而不親繡組飾以煒煒金鈴奮而振振
飼以公庖彭澤之魚兮曾何足道畜之土性西旅之獒兮

頌不提行另起

鈔本无曾何足道四字

詎得同倫健遨天步慵眠地茵效珍比夫異獸供命等乎邇臣若乃風暖掖庭花繁禁籞扇偯錦翼之雉籠近雪衣之女入赭袍兮曳尾聞霓裳兮率舞循逵乎金塘徘徊乎瑶圃睥睨爐煙追隨蠟炬見覿書於乙夜聽求衣於未曙既無吠乎投籤每夙興於曉鼓莫不默識聖心潛知天語備指顧以弗迷奉周旋而見撫第辰遊而夕嬉又安在乎逐麋而捕鼠彼宋⿰犭足之與韓獹又安得同群而接武者哉

嗟呼事變人天時移今古秦皇採藥島中之士未迴軒后鍊丹湖上之龍已去欠舐鼎以登仙對遺弓而戀主臥錦薦兮罔安啗鮮食兮彌苦豐顱載減負重鋪而不勝病骨其羸永弊蓋於何所赫赫顧命明明嗣皇念犬馬之微誠

義存始卒徵父母之所愛深增盡傷俾守園陵之地且殊盤瓠之鄉縻索絡以璀璨琢龍檻而熒煌伏陪鹵簿車逐輼輬鑣玄宮兮黯黯號白日兮茫茫松阡夜月栢城曉霜依六尺之輿已成疇昔盜一抔之土亦足隄防表終天之巨痛甘朽骨於龍岡狡兎盡而見烹理殊炎漢駿馬死而陪葬事類皇唐邀予生之介立荷太宗之維縶叨澤宮之一第玷承明而三入恥懷禄以不言維報君之是急胡薄命之多屯顧寸功而莫集嗟白首於郎署慟梓宮而嗚悒生未得圖形煙閣想英衛之難追死不當賜葬長陵豈蕭曹之能揖異臣哉之可歌信厖也之罔及聊作賦以自傷寄毫端而雪泣

大閱賦

大閱之義載于春秋彼乃一國之軍禮千乘之諸侯曾未若天子之大閱揚神武而闡皇猷天祚有宋睃禪于周太祖以武功勘定太宗以文德懷柔億兆人兮頌聲作四十載兮王澤流二后上僊貽厥孫謀一人繼統承天之休大舜孝思四海遏密高宗諒闇三年宅憂俯順先王之喪紀重違百辟之勤求于是延英入閣端冕凝旒鈞臺錫宴揩石鳴球天地同和覲來庭之鳳舞君臣相遇歌在藻之魚游惟聖克念惟皇聿脩方欲生擒頡利血滅蚩尤輯大勳而光祖考練武經而平寇讎以為天生五材孰能去其兵革武有七德予將整乃戈矛時也鷹隼擊虹蜺收隕籜飛

平原隰嘉禾歛乎田疇因農隙而順時令數軍實而脩戎政野廬設次甸師奔命御幄立而天開教場平而霜勁雷動風行千騎萬乘于以威八荒于以安百姓師出以律我所以表嚴壯之稱器不示人我所以執征伐之柄乃幸近甸出重城天步順動帝車啟行申軍令以偃草揭靈旗於晝荆赳赳洸洸衛社之將帥皇皇濟濟扈蹕之公卿從龍雲合捧日霞生鹵簿前驅案禮文而不忒招摇在上法天象而有程肅肅戈戟鎧鎧鼓鉦期門佽飛雲蒸而鱗萃材官騎士岳立而山横旌旗衣服文物聲明列羽林之仗空細柳之營錫鑾和鈴鏜天籟於曉吹槍棓鋒盾戢星芒於太清皇帝乃降步輦陞帳殿明誓六師誕脩一戰法武侯

之陣示以縱横按風后之圖親加訓練出游兵以定兩端
握奇數而制四面揺乾蕩坤飛霆走電八尾四頭千變萬
化開闔舒卷若常山之虵蟠沸渭喧闐如滄海之鼇抃則
有超乘賈勇戲車為郎挾輈射戟挽强蹷張劒倚青漢戈
揮太陽可以越巨壑踏崑崙氣壓乎北方之强又若屈産
新羈渥洼逸駕汗血蘭筋騰霜照夜師子花獰胡孫色赭
可以走高山突平野勢吞乎南牧之馬莫不虓若虎貔猛
如熊羆鏖兵神速曠騎飇馳前禦其前必參長而補短陣
間容陣亦鴈行而魚麗疾徐有節動靜有期無窮如天地
之運轉不竭如江漢之渺瀰沒而復出如兩曜盡而復生
如四時同子弟之親父兄急難相救若手足之捍頭目斯

須不離屹屹然立不敗之地堂堂乎成無敵之師以虞待不虞則禍亂息矣治多如治寡則進退隨之所謂有備無患居安慮危保寧宗社震讋蠻夷暢皇威於禹畫生兊悅於堯眉夫如是岐陽大蒐安能竊迹驪山講武不足稱奇以此攻城何城不克以此平戎何戎不北兵雖示乎服習戰必分其曲直周武桓桓之衆尚以仁而伐不仁漢高將將之材固鬬智而不鬬力既而皇歡極白日斜還北闕御東華宴喜斯備慶賞有加氣增堡障聲動幽遐通太漠極流沙佇見破天親可汗之名風行紫塞賜奉國契丹之印永屬皇家帝庸作歌曰順時獮狩安邉禦寇揚我武兮師人輯睦軍陣習熟威醜虜兮不教而戰祗取敗兮不戢自

焚予深戒兮近臣再拜而賡歌曰秋大閱兮威窮邊兵力銳兮人心堅封狼居兮禪姑衍抵瀚海兮登燕然俾遁逃兮無地咸扶服兮朝天無外之化兮被率土升中之禮兮告上玄然後飛英聲介景福億萬斯年

三黜賦

一生幾日八年三黜始貶商於親老且疾兒未免乳呱呱擁樹六百里之窮山唯毒虵與貙虎歷二稔而生還幸舉族而無苦再謫滁上吾親已喪几筵未收旅襯未葬泣血就路痛彼蒼兮安仰移郡印於淮海信靡鹽而鞅掌旋號赴於國哀亦事居而送往叨再入於掖垣何寵祿之便蕃今去齊安髮白目昏吾子有孫始笑未言去無騎乘留無

田園羝羊觸藩老鶴乘軒不我知者猶謂乎郎官貴而郡守尊也於戲令尹無慍吾之所師下惠不恥吾其庶幾下和之刖吾乃完肌曹沫之敗吾非輿尸緘金人之口復白圭之詩細不宥兮過可補思而行兮悔可追慕康侯之畫接兮苟無所施徒錫馬而胡為效仲尼之日省兮苟無所為雖歎鳳而奚悲夫如是屈於身兮不屈其道任百謫而何虧吾當守正直兮佩仁義期終身以行之

罔極賦

後周廣順太歲甲寅季秋戊子實生吾身稟粹和於兩儀荷鞠育於二親粵自始孩逮乎成人求名得名干祿得祿痛吾母之早終受君羹而捨肉丁吾父之大憂徙倚廬以

食粥被朝恩之抑奪屐人事而棲遲五鼎或來羨仲由之斗米三牲縱具非茅容之隻雞豈無兄弟各懷祿而棲棲亦有子孫方嬉戲乎孩提冗食兮紀綱之僕多病兮糟糠之妻望松楸以暮泣屐霜露而晨啼今日何日家人舉爵祝我壽考勸我歡樂感懸弧於茲晨念陟岵而淚落換斑衣兮純素變華顛於總角孰謂儒者不如農夫良田十畝柔桑百株無求於人身何憂其悔吝必出於力養不問乎精麤父母俱存緼袍重襦子弟匪懈夕耕曉鋤雞豚掩豆黍稷盈壺草堂為壽其樂只且嗟乎吾不得而及也賦罔極而長吁

吾研齋補鈔本校

結尾前空一行

余舊藏小畜集抄本出自宋槧丁酉八月二十三日借餘姚盧抱經學士校本對度精審可從閱七年甲辰復得此晉中刻本行款不古誤謬尤甚重加點勘備作副本可耳七月三日校畢此卷漫記 翌鳳

余得宋刻殘帙復經吾研齋補鈔本王黃州小畜集因與 張君訒菴談及遂出所收吳枚菴手校本示余蓋乾隆初晉中刻本也其行款未必與宋刻同字句亦不甚大異序云近得宋槧鈔本於長安市當不誣也惟重刊時細加讎校不無有金銀之誤耳 枚菴所據雖出名人校本然未見宋刻究恐致是為非且宋刻亦有誤處必得目驗始可信耳 借讀并記

道光元年四月十日蕘夫

宋王黃州小畜集卷第一

目列在序後

宋王黃州小畜集卷第二目錄

火星中而寒暑退賦。

序低三格
目在序後

連前目錄

宋王黃州小畜集卷第五

律賦 有序

禹偁志學之年秉筆為賦逮乎策名不下數百首鄙其小道未嘗輒留秋賦春闈粗有警策用能首冠多士聲聞於時然試罷即為同人掠奪其草於今莫有存者淳化中謫官上洛明年太宗試進士其題曰巵言日出有傳至商山者駭其題之異且難也因賦一篇今求向所存者得數千紙焚弃之外以十章列為一卷仍以巵言為首尊御題也

□□□□巵言日出賦 盈側空仰隨變和矣

巵之為物也空則仰滿則傾伊斯言之無像假厥器而強名曰出彌新尚安知其適莫天倪自得亦胡繫於虛盈豈

不以危無所識每逐物而歆側言無所執但因時而語默諒何思而何慮固靡失而靡得用能滿天下以無過體褱中而可則徒觀夫危臲卼以弗定言支離而不窮孰見兆朕難明始終冥其心若虛舟之泛水應乎物類天籟之鳴空是以至道無形至人絶想詎難追於駟馬實冥求於罔象以不器之器是資以不言之言為上存於身則大智之閑閑移於邦則王道之蕩蕩喻鳴鐘之大小物莫我欺取膠柱於樞機吾將安仰大哉危也者既異歆器且殊漏巵言也者亦匪確論又非詭隨知萬物之種也奚千里而應之智過挈瓶檮杌之書徒爾信蹢盈缶連山之象云為故曰不言則齊同形相禪巧如簧兮非偶卒若環兮無變得

之者毀譽兩忘失之者是非交戰詳夫危有空滿於義則那言無準的在理云何亦猶君不言而黙首化天不言而玉燭和是以大道五千取不知而立誡老子云言者不知寓言十九藉外論以同波今我后據北極之尊窮南華之旨思欲體清淨而率兆庶故先命辭賦而試多士盛乎哉崇道之名不為虛美

天道如張弓賦 王者喻身則此宜施

上天如之何匪謙莫益張弓如之何匪高莫抑瞻倚杵之為狀考彎弧而取則所以老氏贖之以立玄言王者法之而建皇極豈不以天實虧盈弓唯審固既命中以有式若無親而設喻善惡之効自應弦而靡差禍福之祥同流矢

之所注吾嘗觀善射之人如天道兮有倫下者舉其勢高者俯其身左馬右人落彀中而不失十發九中視掌上而彌親又嘗觀上亙之理與張弓兮匪異損有餘以示誡補不足而平施小人用壯唯太極而是罹君子好謙乃百祥而咸萃又嘗觀上聖之姿法天道兮緝熙令光禁於強暴心不忘於惸嫠百姓與能自樂財成之道四時感序爰歸輔相之宜天之道也既如彼弓之義也又如此懿乎男子之事克叶聖人之旨自可移於邦求諸已益裒多益寡者焉唯舉下抑高而已夫如是則張其弓挾其矢體由基之所長天道遠人道邇非裨竈之能量是以君者撫其弱抑其強如猿臂之盡妙中鵠心而允臧向使天理或爽君道

靡常自然反時而反德又烏可稱帝而稱王者哉故曰孰能以有餘奉天下唯有道者

仲尼為素王賦 儒素之道尊比王者

鳳鳥不至兮河不出圖聖人無位兮立教崇儒道之將行但棲遲而歷聘民受其賜猶南面以稱孤有以見同乎王者孰云乎蓋出司徒者也原其運屬陵遲力與儒素道將侔於皇極化實被於黔庶文行忠信設萬世之紀綱禮樂詩書崇百王之法度於時也魯道有蕩周德下衰言念萬國將同四夷不有聖也誰其救之我所以行教化序尊卑造次顛沛兮於是東西南北以忘疲用能定君臣父子之道述皇王帝霸之基夫如是則土無二以並矣位通三兮

偉而異夫振乃素風齊諸大寶贊易象矣奉天時脩春秋兮行天罰講於洙泗初彰化下之功登彼泰山爰契升高之道自然其教斯廣其號彌尊豈止同明於日月亦將比德於乾坤居無求安四載之勤勞是効弋不射宿三驅之田獵斯存蓋由宅一畝以卑宮佩五常而克己其位也困於陪臣其道也齊於天子列四科而升十哲八凱何殊誅正卯而斬俳優四凶竊比聖德洋洋同諸帝王行束脩而陳玉帛端縫掖而垂衣裳夢見周公求傅巖而允理問於老子師尚父而彌光大哉道濟古今教流華夏贍不泯之廟貌若無疆之宗社悲夫商辛夏癸兮號獨夫又安得比於儒者

君者以百姓為天賦 君有庶民如得天也

勿謂乎天之在上能覆於人勿謂乎人之在下不覆於君政或施焉乃咈違於民意民斯叛矣同譎見於天文在乎觀百姓之勞佚豈止仰一氣之絪縕而已哉徒觀乎浩浩玄穹蚩蚩黔首覆盂之狀何在倚杵之形莫有苟知乎御之以道亦類乎戴之而走悠也久也固無杞國之憂養之育之宛是媧皇之手取彼穹旻方茲兆民匪在蒼蒼之色勿輕蠢蠢之人雖令不從反時之災是比撫我則后無親之義斯陳可仰兮匪獨高明可畏兮亦惟黎庶每慮其一夫不獲竊比於御龍以御騐惡紂以歸周似厭秦而授楚是知察彼哀樂同茲慘舒但人心之悅矣任天道之何如

授楚之下抄本空一行

教以文章似列星辰之際示之淳朴疑歸混沌之初想夫君既柔懷民同剛克姑寅畏以則可苟暴殄而安得輿人歌頌乃大舜之升聞自我聰明信惟堯之是則大矣哉善化民者以天為則善知天者以民為先若天人之理洞達則帝王之道敷宣寧資禋竈之言斯為妄矣自取叓吾之說不亦明焉今我后子育兆民砥平九野上惟奉於穹旻下每矜於鰥寡自然以百姓為天萬方歸也

復其見天地之心賦 天地幽賾觀象斯見

動者天地之用其震也勃焉靜者天地之本其復也寂然故二儀之心乃見七日之義斯亙自可要終而原始何必俯地而仰天豈不以復卦之義雷入於地既反本以無朕

亦見心而有自躁君不撓遂明萬化之源剥道方終未觀一陽之至其或鼓萬物盪六幽上健行而弗息下剛克而勿休蒙亨艮止以互作雷動風行而不收此乾坤之功也心無得而可求及其化功成物理革高明之體無用沉潛之形莫索凝然若混沌之未鑿寂兮如庖犧之未畫此乾坤之本焉心有來而可賾得不窮動靜之旨審語默之端其心斯在其妙可觀聖人見之則政尚簡教尚寬弃智而化萬姓垂衣而總百官故帝堯之道文思安安非復之義者諒至此而攸難君子見之則返諸身視諸掌既絶慮於嗜欲乃游神於罔象故孔子所謂其道蕩蕩非復之至者亦晗此而奚徃是知運行者天地之時寂靜者天地之基

心亦在其中也物莫得而見之坐忘遺照之人於茲得矣至日閉關之義何莫由斯我后端冕凝旒窮神知變希夷之理斯極清淨之風克扇大哉天地之心明明而可見

尺蠖賦 尺蠖之屈以求伸也

蠢爾微蟲有茲尺蠖每循塗而不殆靡由徑以或躍懼速登之易顛固將前而復却所以仲尼賛易取譬乎屈伸老氏立言用嘉乎柔弱吾嘗考畫卦之深旨見觀象之有以蓋美其時行則行時止則止寧皃趦以鴻漸不磨驚而鵲起知進知退造幾微於聖人一往一來達消長於君子物有以小而喻大事可去彼而取此至若春日遲遲品彙熈熈知時應候附葉尋枝每委順而守道不蹤進於多岐自

中規而中矩非載驅而載馳其行也健而不息其氣也作而不衰曲乎形類彤弓之彎矣隆乎脊狀柷敔以陳之豈比乎蝨張網而役役蟻循磨而孜孜者哉懿夫微物尚有伸兮有屈胡彼常流但好剛而惡柔苟克己以為用奚反身而是求得不覿所以察所由驗人事之倚伏考星躔之退留自然寒暑相推而歲功及物日月相推而大明燭幽者也其或昧其機循其迹不知我者謂我進寸而退尺探諸妙賾諸神知我者謂我在屈而求伸異蜂蠆之毒唯思螫人等龍虵之蟄實可存身夫如是則蛙黽怒而受式非度德者螳蜋奮而拒轍豈量力也未若尺蠖兮慎行止明用捨予將師之庶悔吝而葢寡

聖人無名賦 大聖之道無得稱也

聖人執大象體乾元雖有教以及下故無名於自尊仰之彌高强配乃神之號為而不有奚矜准睿之言原其先天之謂道體道之謂聖所以居域中之大所以為天下之正惟澹惟默固抱璞以含章不識不知豈命氏而考姓所謂上德不德無為不為其作也萬物斯覩其用也百姓弗知難審之於耳目徒象之於希夷亦猶徼妙者神焉葢强而名矣蒼黃者天也但據遠視之徒觀其妙有群生躬臨大寶寧鑽燧以啟祚豈巢居而建號聰明盡黜罔求濬哲之褒迹用弗彰但守虛無之道得非喪天下於華胥得寰中於道樞虵身牛首兮非吾之耦雲官鳥紀兮莫我為徒孰

躋王而黜霸孰追堯而禪虞其或稽之以帝籙皇圖則視之若無求之以溫恭允塞則名之莫得亦何必謂栗陸氏以居尊據軒轅而啟國者哉所謂莫之與京無得而稱探至賾以為用曷常名而足徵尼父復生欲憲章而何取子長雖在思紀列以無能令我后尚黃老以君臨闡清淨而化下抑嶶號於睿聖扇玄風於華夏有以見聖無名兮神無功信大人之造也

橐籥賦 天地之間其猶橐籥

伯陽以體道立言探乎極玄見乾坤之用也取橐籥而比焉豈不以德無疆者謂之地功不宰者謂之天譬翕張而氣作猶吹煦而聲傳用能萬物自化八音克全故王者法

之虛以受帝道用之而無偏者也原夫橐也者利於鼓風
籥也者存乎運吹雖有質以克殊且無心而匪異故可以
侔造化比天地一開一闔勃焉而元氣生變宮變商泠然
而正聲至亦如天道無為地道博施于以麗百穀于以行
四時皆虛中[illegible]動也故自外而應之是以橐之用則飛霆
走電籥之運則如塤如箎信天地之義若此而橐籥之理
在玆得不求諸繫表取自無間不言而應物妙用而循環
趨聖域叩玄闕昧其旨者徒小心翼翼得其要者惟大智
閑閑是知虛而不屈為橐之師動而愈出為籥之資本虛
無而生矣因形器以觀其所以天地之心悠也久也帝皇
之道斯焉取斯懿夫二儀胞合一氣夷猶或動或靜克剛

克柔取乎鞴焉氣動而物來斯應類乎笛也樂出而人無我求至矣哉天地有大德其鼓動也于囊于橐天地有希聲其煦嫗也維竽維籥雖小大之不類信擬議而咸若今我后道合希夷心無適莫蓋囊括以為用豈管窺而可度所以百姓日用而不知又孰見聖人之有作

醴泉無源賦 王者之瑞何有源本

泉本靈長皆從濫觴何無源而自湧應有德以呈祥厥味孔甘可飲九苞之鳳其波不濁寧朝百谷之王豈不以地乃至柔水惟善下不愛其寶于以光乎聖人感而遂通于以歸乎王者俾沸渭以出焉奚疏鑿之謂也神化難知汪洋在茲視之者孰分似帶挹之者咸謂如飴匪自高山非

貳師之刺矣不居絕塞豈耿恭而拜之有以見德及于地不期而至其潤也齊乎聖澤其湧也借乎睿知浪井不鑿我則同出而異名靈芝無根我則重祥而疊瑞稽夫是泉也其源不見於義則那其味且旨在理云何得非源之隱也與凡流而有異味之美也表聖德而靡它不然又安得匪因掘地而自可蠲痾者哉出鳥鼠者非吾之耦産蛟龍者亦孔之醜鄙河水之九曲笑涇泥之一斗自然而然非有而有考乎彼派應居水府之先効彼休禎合列祥經之首是何不在高原波騰浪飜孰知乎桐栢孰謂乎崑崙任大禹之功深寧歸畎澮縱張騫之力盡曷識根源士有自立身謀非因世本桴學海以斯久導言泉而漸遠期作瑞

於昌朝免常流之一混

火星中而寒暑退賦 心火中則寒暑斯退

惟大火之照臨亦舒陽而慘陰寒暑相交於時令經躔必在於天心冬夕子焉栗烈之風自止夏宵中矣鬱蒸之氣爰沉不知誰為種榆其者曰火隨衆星以拱極正二氣而在我小人怨咨之語望之則銷大鈞吹煦之期違之莫可所以指命顓頊迴旋祝融自然無出其右寧勞舉正於中乍疑日馭遂魯陽之戈再懸碧落定星示楚宮之役適推長空遂使祁寒知難而少抑暑雨交綏而自息垂繒之壞知正衣葛之人動色不知我者謂我執造化以弄權知我者謂我正陰陽而作則類聖人之南面令之而必從任天

前空五行
後空八行

道以右旋踰之而莫得至若北陸凶殘人斯鮮懽層氷飛雪以俱至挾纊重裘而罔安我之中矣可以却彼司寒又若南訛赫怒人失其所焦砂爛石以何盛輕箑纖絺而曷禦我之中矣可以祛其酷暑是何表正二儀亭亭在茲營室櫓巢兮取之於彼收藏長養兮何莫由斯標不宰之功所以均平六氣示無言之信所以成乎四時大矣哉行度無差寒暉自退天垂象以是仰世作程而斯在年年兮東作西成明明而可大

宋王黃州小畜集卷第二　校

吾研齋補鈔本校

宋王黃州小畜集卷第三目錄

古調詩

□□□□□酬种放徵君

寄獻鄜州行軍司馬宋侍郎

寄題陝府南溪兼簡孫何兄弟

七夕

讀漢文紀

合崖湫

吾志

攜稚子東園刈菜因書觸目寄均州宋四閣長

四皓廟二首

長字低六格

二首小字側注

不見陽城驛

感流亡

除夜

竹䶉

觀鄰家園中種黍示嘉祐

蔬食示舍弟禹圭并嘉祐

連前目録

宋王黄州小畜集卷第三

古調詩

□□□□酬种放徵君一百韻 此篇命為首重高士也

太歲在辛卯九月萬木落是時太陰虧占云臣道剥王生出紫薇譴逐走商洛扶親又抱子迤邐過京索獘車載書史病馬懸囊槖西都不敢住空負香山約閿鄉正南路秦嶺峭如削肩輿礙巨石十步三四却妻孥亦徒步磧礫不容脚山店蓋木皮烟火渾爊灼夜深聞貙虎合家屢驚懼山泉何縈回切洌無橋彴卸鞍引羸蹄解襪事芒屩晨瀾髮可鑒朝涉脛如斮商山六百里天設皆巉崿上洛在其中猜牢曾未若逐臣自可死何必在遠惡刺史不我顧古

一百韻小字

寺聊淹泊卜居雜民甿致養無精鑿知道由自寬有親强
爲樂側聞种先生終南卧雲壑長沮既躬耕元禮仍開學
王績婦未娶介潔翹孤鶴之推母偕隱教誨條天爵詩情
亦嗜酒道氣不服藥田衣剪荷芰野飭烹菹葯霧豹澤文
彩宜鴻避矰繳肯從羔鴈聘唯恐簪裾縛如何宋右史斥
鷃議鵰鶚（起居舍人宋維翰奏种放隱居終南乞量才錄用頗爲識者所笑）玄纁與丹詔
恩禮誠非薄仍勑京兆府敦諭辭恭恪先生戀板輿純孝
心堅確散髮走烟巒拜章謝恩遲巨材猶在澗大玉不出
璞使者遂空迴軟輪何寂寞賢母召徵君庭責詞嗃嗃胡
爲事章句漏名入街郭府縣污我山胥徒譟吾幄以兹近
聲利安得成高邈誓將徙窮谷庶可逃諠濁先生拜引過

為壽開樽杓陶陶又熙熙何嘗聞竽籥人傳到邇客面目
敦（音堆）慫作器小識不遠當年事頭角遭時得一第游宦何齷
齪逐羶甚蚍蜉鬪耀同蝟蜦宰邑乏弦歌諫垣無謇諤便
藩朱紱僭忝絲綸閣方號騤騤龍已困狺狺狔待罪始
知非咄哉昧先覺一聆高世行罪髮庸可擢忍恥賦三章
塵埃寄寥廓明年會恩宥量移井蛙躍靡暇謁南山征途
望西嶽黃河波洶湧白逕苕斑駁中條圓解縣五老烟矗
矗此焉為郡副烏敢事隕穫籠禽幸未死尚且謀飲啄米
呼村婢舂樵傾山僮斫餵馬捽寒蕪看書爇秋籜信口亦
吟哦放心無適莫君恩已絕望人事終難度相府一張紙
喚起久屈蠖誠知有梁棟未忍弃榱桷五城天上開三殿

音堆側注

雲間卓重取故衣冠籠裏山猱玃病翼得風雲壞墻勞赭
堊諫官與史氏舊職聊羈絡舉袖拂石螭凝睟睨金雀冥
心想前事一夢何揮霍長恐先生聞商松成大噱關中朋
友來遺我神仙作繁華遠客綺錚鏦美人錯古澹啜鍘羹
文雅鏗木鐸千言距百韻旨趣何綽綽孰念氣如虹翻然
輕觝鶻俊甚麻姑爪快比屠門嚼渾金豈在鎔尺璧寧施
琢愈風齊捧檄忘味同聞樂致之向懷袖日夕芬蘭若褒
我塵俗韻鉛刀化干鏌同聲必有應過實還疑謔盛夸山
中事雲屋張霞幕蘭芽含露採石髓和煙酌巢由泉滌耳
園綺芝盈握有時上絕頂星斗近可摸下視塵世人營營
似蝨蟓男兒既束髮出處岐路各苟非秉陶鈞即去持矛

槊致主比唐虞安邊如衛霍不爾爲逸人深居反吾朴胡
然自碌碌名節日銷鑠行年過半世功業無圭勺無術鑄
五兵使民興錢鎛無材統六師逐寇開沙漠空言說王道
肆目看人瘼多慙指佞草虛效傾心藿一覽大雅文起予
亦何博況茲山野性謨畫昧方略搔首謝朝簪行將返耕
鑿

寄獻鄜州行軍司馬宋侍郎

鉅賢如木鐸一振聲葢代丈人文曲屋讜論落下界辭源
發崑崙意盡若倒海昔在神德朝少秀負文彩擢第應制
舉召試拂華蓋醉揮拔萃判二字不復改傳寫徧都下紙
貴無可買一命佐著作芸閣垂纓珮歌詩數千首人口炙

與鱠志大輕俸錢痛飲負酒債庸蜀既郎。敘出命玉。津宰
題柱薄長卿銘閣笑張載錦水清見髮峨嵋綠於黛物華
曾不負詩酒聊自待旨甘豈擇祿印綬久不解陶潛腰任
折萊子衣有彩。蹉跎歷四邑塵土不可擺吾皇在藩邸聞
名四聰駭即位未浹旬獨許延英對相見恨已晚欣然契
嘉會諫官聊假道紫微遽真拜制誥復西漢碑版揭東岱
金鑾赴夜召顧問及遠大白麻幾千紙意出元白外薦賢
恐不及誘。善曾無怠當朝自獨步晚節亦泛愛有別樂聞
韶無譏詩自鄶賤子在廣場知見殊流輩進士數且千馳
鶩稱俊邁人人握靈蛇許我珠無纇。超拔冠多士權貴不
得礙御前中科第閣下備僚寀詎唯師碩德常許接佳。話

國朝大手筆日夕期鼎鼐留中泰山雲舒卷何靄對言下
傳巖雨蓄縮未雱霈吾道遂難行一旦同得罪典午信宂
散貳車更狼狽商於甚僻陋鄜時近山塞共月踰千里便
風無乂介何當遂秉桴侍坐浮渤澥大笑引淳風樽前一
長噫令茲當委順自昔無芥蔕援詩助醉吟入室生徒在

寄題陝府南溪兼簡孫何兄弟

中湖在陝服自昔名所重許昌擅唐律人口尚傳誦舊跡
固榛莽勝概猶出衆前年謫商於過此方憂恐無暇濯溪
泉惻惻心甚痛量移遇恩宥方寸稍放縱故人孫漢公勤
懇事迎送柅車得三宿延我入溪洞春殘尚有蝶夏首始
見蝀朱櫻實頗繁黃鳥聲亦哢地幽接府署亭高瞰村壟

縈砌水逶迤入簷山巃嵸鯉翻自躍金蝸篆燒餘汞石危
君子介筍亂小人勇虛涼集鷗鷺爽塏無蚊蠓芰葉巧如
剪萍根寄非種逕苔白斑駁岸草玄翦萃官醞綠開瓶時
果青出籠醉中猛別復依約似一夢唯愁當要路時復棲
闌茸解梁雖近山埦[illegible]費耕種常風自鹽南日夕塵埆捧
雲泉既遼遠草樹非秀聳況茲炎蒸月縶縛何所動緬懷
八龍會南溪與誰共棣萼本多才甘棠應少訟枕簟與琴
書鴒原聊自奉篇章取李杜講貫本姬孔古文閱韓柳時
策閒晁董清吹席上來當暑開冰凍菱脆擘瓊枝瓜甘浮
寮筩氣秋綠篠戰露睍圓荷捧照湖小賀監溪堂輊馬總
此景且不同此懷可長慟平生好泉石況復官散冗近聞

田紫微漣水許就俸田舍人量移軍州表乞就漣水居詔許之援例苟得請中湖當入用終老占溪居卧看秋泉湧

七夕 商州作

去年七月七直廬閑獨坐西日下紫垣東窓暈青瑣露柳蜩忽鳴風簾鷰頻過寂寐紅藥堦槿花開一朶時清無詔誥情淡忘物我兀然何所營横枕通中卧夢入無何鄉蛺蝶甚么麼孰謂處深嚴自得放慵惰中官傳宣旨御詩令屬和驚起儼衣冠拜舞蒼苔破逸翰龍虵走雅調金石擂洋洋治世音乃賡强牽課暮隨丞相出自謂天上墮歸來備乞巧酒肴間瓜果海物雜時味羅列繁且夥家人樂熙熙兒戲舞娑娑叶韻蘇可反寵辱方若驚倚伏忽成禍九月謫

商於羈縻復窮餓鳳儀困鴟嚇驥足翻鼈跛山城已僻陋
旅舍甚叢脞夏旱麥禾死春霜花木挫吾親極衰耄吾命
何轗軻稚子啼我前孺人病我左玄髮半凋落紫綬空垂
拖客計魚脫泉年光蟻旋磨昨夜枕簟涼西郊忽流火河
漢勢清淺牛女姿婀娜商土本磽瘠商民久勞瘁霜旱固
不支水澇復無奈(是歲商山秋大水)居人且艱食行商不通貨郡
小數千家今夕唯愁呵(呼可反)吾兒索來禽(即林禽)傾市得一
顆舉家成大笑愁眉略舒嚲自念一歲間榮辱兩偏頗賴
有道依據故得心安妥窮乎止旅人達也登王佐匏瓜從
繫滯糠粃任揚簸粃鳳不足言失馬聊自賀委順信吾生
無可無不可

讀漢文紀

西漢十二帝孝文最稱賢百金惜人力露臺草芽眠千里郤駿骨鑾旗影遷延上林慎夫人衣短無花鈿細柳周將軍不拜容橐鞬霸業固以盛帝道或未全賈生多謫宦鄧通終鑄錢謾道膝前席不如衣後穿使我千古下覽之一泫然賴有佞倖傳賢哉司馬遷

合崖湫

合崖向散瑩秋水何沖瀜停汚豎積潦滯泥去聲不朝宗有時見鬼怪無人薦王公正可飲麋鹿不當産蛟龍山吒自神之祠祀衆口同今春商於旱太守職憂農先請境内山熊耳有如聾乃迎是湫水盈乎素缶中州民與郡吏覡女

雜巫童朝祈又夕禱拜起虔且恭馨鑪復奠爵牲幣潔而豐適與天雨會三日勢儽儽致謝送水歸盡禮有始終水旱盡[益]定數災祥與政通傳巖道喪久凷爾貪天功

吾志

吾生非不辰吾志復不早致君望堯舜學業根孔姬自為志得行功業如臯夔既登俊秀科又在清切司諫紙無直言論[綸]誥多媿辭黽勉為何事親老與妻兒一旦命執法嫉惡寄所施丹筆方肆直皇情已見疑斥逐深山中窮辱何[口]羸羸于張及不得安用此生為于定國張釋之

攜稚子東園刈菜因書觸目兼寄均州宋四閤長

大鶯引新鶵小鵶哺老烏青青樹木間禽鳥聲歡娛我攜

二稚子東園擷春蔬可以奉晨羞采采供貧廚非肉誠不飽割身實無餘緬懷宋閣老同日出京都謫宦不攜家留妻事老姑塊然武當下此樂固亦無

四皓廟二首

秦皇焚舊典漢祖溺儒冠萬民在塗炭四老方宴安白雲且高臥紫芝非素飡南山正優游東朝忽艱難高步揖萬乘拂衣歸重巒飛鴻自冥冥束帛徒戔戔古廟對山開清風向人寒更無隱遁士空有賓客官況我謫宦來塵跡污祠壇朝衣懸蕙帶佩玉娩紉蘭或依堦下樹陰暑解馬鞍或借廟前水秉秋把魚竿吾道多齟齬吾生利盤桓登山殊未倦飲水聊盡驩精靈莫相笑此意樂且盤

序低五格

其○

小言望小利載在禮經中遂有鷹犬輩拔劍各爭功一出

定萬乘去若冥冥鴻寂寂千古下孰繼採芝翁

不見陽城驛 有序

予為兒童時覽元白集見唱和陽城驛詩時稹貶江陵過南山感陽道州而作是詩也且改驛為避賢郵不忍呼其諱也樂天在翰林得而和之又見杜紫微富水驛詩題下解云富水驛舊名與陽諫議同卒章曰驛名不合輕移改留警朝天者惕然淳化二年秋九月予自西掖左宦商於訪其驛則無有也驗之圖經求諸郡境則富水地存而驛廢陽城之號遂莫知矣因作古風詩中

明三賢之作且以不見陽城驛為首句至于道州之行
事元詩盡之矣此不復云
不見陽城驛空吟昔人詩誰改避賢郵唱首元微之微之
謫江陵顦顇為判司路道商山驛一夕見嗟咨所嗟陽道
州抗直貞元時時亦被斥逐南荒終一麾題詩改驛名格
力何高竒樂天在翰林亦和遷客詞遂使道州名光與日
月馳是後數十年借問經者誰留題富水驛始見杜紫微
紫微言驛名不合輕改移欲遣朝天者惕然知在茲一以
諱事神名呼不忍為一以名警衆名存教可施為善雖不
同同歸化之基邇來又百稔編集空鱗差我還上雒郡罪
譴身縶維舊詩猶可誦古驛殊無遺富水地雖在陽城名

豈知空想數君子貫若珠纍纍三章詩未泯千古名亦隨德音苟不嗣吾道當已而前賢尚如此今我復何悲題此商於驛吟之聊自怡

感流亡

謫居歲云暮晨起廚無烟賴有可愛日懸在南榮邉高舂已數丈和暖如春天門臨商於路有客憩簷前老翁與病嫗頭鬢皆皤然呱呱三兒泣惸惸一夫鰥道糧無斗粟路費無百錢聚頭未有食顏色頗饑寒試問何許人答云家長安去年關輔旱逐熟入穰川婦死埋異鄉客貧思故園故園雖孔邇秦嶺隔藍關山深號六里路峻名七盤襁負且乞丐凍餒復險艱唯愁大雨雪殭死山谷間我聞斯

人語倚户獨長歎平聲爾為流亡客我為冗散官在官無俸
禄奉親乏甘鮮因思筮仕來倏忽過十年峨冠蠹黙首旅
進長素餐文翰皆徒爾放逐固宜然家貧與親老靦爾聊
自寛

除夜

四十强而仕禮文可遵守筮仕已十年明朝三十九自知
得禄早左宦誠宜有年雖過潘岳未為全白首貧猶勝墨
子黔突聊供口若比張辟彊吾甘為老醜若比太公望吾
方為少秀任從新歲來且獻高堂壽叓解金貂冠多貰商
山酒

竹䶉

商嶺多修篁蒼翠連山谷有鼠生其中薦食無厭足春筍
蟊生犀秋筠折寒玉飫飽致肥腯優游恣蕃育林密鳶不
攫穴深犬難逐鳳凰餓欲死彼實無一掬唯此竹間鼲琅
玕長滿腹暖戲綠叢陰舉頭傲鴻鵠不知商山民愛爾身
上肉有錘利其鋒有錐銛於鏃開穴窖如囚洞胸聲似哭
膏血尚淋漓攜來入市鬻竹也比賢良鼠兮類盲俗所食
既非宜所禍誠知速吁嗟狡小人乘時竊君祿貴依社樹
神倖盜太倉粟笙簧佞舌鳴藥石嘉言伏朝見秉大權夕
聞罹顯戮李斯具五刑趙高夷三族信有司殺者在暗明
於燭彼狡勿害賢彼鼠無食竹

觀鄰家園中種黍示嘉祐

北鄰有閑園瓦礫雜荆杞未嘗動耕牛但見牧羣豕今夏亦旱天斲琢誰家子播種甚莽鹵苗稼安能起秋來連月雨柴門晝不啟新晴一攜杖出户聊徙倚重到田中立黍稷何薿薿吐穗欲及肩烏雀聲亦喜力穡乃有秋斯言不虛矣向使嬾種植荒榛殊未已有書閑不讀為學還如此

蔬食示舍弟禹圭并嘉祐

吾為士大夫汝為隸子弟身未列官常庶人亦何異無故不食珍禮文明所記況非膏粱家左宦乏貲費商山丞禄旱穀價方騰貴更恐到明春藜藿亦不繼吾聞柳公綽近代居貴位每逢水旱年所食唯一器豐稔即加籩列鼎又何媿且吾官冗散適為時所弃汝家本寒賤自昔無生計

菜茹各須甘努力度凶歲

宋王黃州小畜集卷第三　校

吾研齋補鈔本校

前空六行
後空八行

宋王黃州小畜集卷第四目錄

古調詩

□□□□□懷賢詩三首

桑魏公 維翰

李兵部 濤

王樞密 朴 樸

五哀詩 五首

故尚書兵部侍郎琅邪王公 祜

故尚書虞部員外郎知制誥貶萊州司馬渤海

高公 錫

故殿中侍御史滎陽鄭公 起

三首側注

送馮尊師

連前目錄
序低五格後放此

□□□□懷賢詩并序

僕直東觀時閱五代史見近朝名賢立功立事者聳慕不已思欲形於歌詠而未遑今待罪上雒不與郡政專以吟諷為事業因賦懷賢詩三首仍以官氏列於篇首云

□□□□桑魏公 維翰

魏公王佐才獨力造晉室揮手廓氛霾放出扶桑日感慨會風雲周旋居密勿下民得具瞻上帝賚良弼沉沉帷幄謀落落政事筆品流遂甄別法令頗齊一跋敕朝據案論兵夜造膝多士君鴛鴻官材咸有秩諸侯如狼虎請謁盡

上雒抄本作除上雒

股栗秉鈞多事朝綽綽有紀律遠將留侯比近似贊皇匹
志在渾車書誓將闡儒術皇天未厭亂運去何飈欻高祖
厭寰區少帝無始卒老成既疏(疎)遠羣小相親昵黷(瀆)武兵漸
驕懸倒人不恤和親絕强虜謀帥用悍卒魏公在藩垣上
疏論得失七事若丹青辭切痛入骨忠言殊不省直道果
見屈鐵馬從北來煙塵晝蓬勃穹廬易市朝左衽雜纓緌
主辱臣不死囚縛自安逸唯公獨遇害身殞名不沒惜乎
英偉才濟世功未畢一讀晉朝史遺恨空鬱鬱子孫亦不
振天道難致詰

李兵部 儔

有唐張曲江盛名何暐曄請誅安祿山先覺不見納胡雛

有反相其事遠相接賢人何代無舊史聊可獵兵部事晉

朝文學中科甲强臣方跋扈朝士多恇怯獨持上方劍願

斬犇鯨鬣堂堂張彥澤反勢凌閶闔拜章請顯戮直氣不

可壓三進叩玉墀植笏立蓂莢皇情彌慰撫請問屢應答

終焉念小恩曾不顧大業高吟歸去詩潺湲淚承睫旋踵

即亂華有同虞不臘張公領鐵馬朝市胡塵合剌謁甚閑

詳辭氣殊不慴虎狼不敢害加禮為下榻當年弃棄謇諤異

代居調爕相位席不煖帝澤安可洽斯人既淪亡此風亦

蕭颾滑稽何足累大節世已乏安用學腐儒硁硁守禮法

王樞密 樸朴

西樞經緯才慷慨遇真主文學中甲科風雲叅霸府直躬

在容勿未始畏強禦凭案讀古書箕踞視太祖澤欲浸生民化將還竄古折寺遇武宗排佛如韓愈盡髮薙苾蒭使之藝禾黍兵威遂強盛人力不耗蠹世宗征淮甸委任當留務馬前拜侯伯皆下列椹斧叱咤氣生風將校汗如雨手築太平基胼胝不輟杵具瞻人有望衰運時不與修短天難忱殲奪民何怙恩深與小斂撫椁甚悲沮云亡復殄瘁前哲非虛語世豈乏賢良才難具文武歷象過羲和文章敵燕許可能隨衆人冥寞歸塵土子孫雖衆多必復事未覩誰銘遷客詩高揭王公墓

五哀詩 有序

予讀杜工部八哀詩唯鄭虔文蘇司業名位僅不顯者

餘多將相大臣立功垂裕無所哀矣噫子美之詩葢取
尒之云亡邦國殄瘁而已非哀乎時也有未立於此者
待同志而嗣之云

故尚書兵部侍郎琅邪王公 祐

琅邪名父子少孤起徒步贄謁桑魏公藻鑑非易與撫項
久歎惜王楊許為伍諸侯取為官佐幕大名府主帥杜重
威功大心跋扈天驥被縶維神龜羅網罟六師薄孤壘三
面開生路主人既釋放賓筵因詿誤逼脅本非辜貶謫尋
不赴折腰紆墨綬搨翼久未舉梁竦恥州縣長卿有辭賦
裏行旌邑政柱史登朝署抨彈志不樂潤色身有素錦窠
應列宿星垣吟藥樹丹青生帝典金玉鏗王度柬觀秉直

筆南宮司貢部時英萃門下譪譪騰嘉譽鵬摶六月風豹
蔚七日霧多材同列忌嫉惡姦人怒排斥屢專城織羅仍
典午名官頗流離衣食常貧窶文明起代邸振拔非不遇
紫微雖正拜白髮已遲暮史魚直有遺棖也剛不吐非才
占清列志欲投兕虎英俊在草萊力能生翅羽毀譽兩無
私華袞間蕭斧掌選循故實尹京恥鉤距名位僅三事疾
瘵嬰二竪告滿拜貳卿君恩慰沉痼終見哲人萎蕭蕭空
壠墓鯉庭有令嗣鳳閣登仙署兩制立門生九原應自許
蒼蒼猶足信吾道似有訴餘慶在子孫明明深可據

故尚書虞部員外郎知制誥貶萊州司馬渤海高
公錫

織羅

文自咸通後流散不復雅因仍歷五代秉筆多艷冶高公在紫微濫觴誘學者自此遂彬彬不蕩亦不野惜哉傷躁進忤旨出閤下吾君登大寶允澤連霶灑均陽又淮陽移徙曾不暇遂無牽復命虛偶文明化何路得自新賁志入長夜人謂責太深終於郡司馬

故殿中侍御史滎陽鄭公 起

柱史有名跡倩才自天縱構思慶雲合落筆醴泉湧歌詩與文賦錚錚人口諷揚袂入澤宮鵠心一箭中恃才善戲謔負氣好侮弄大志有誰知細行乖自訟小諫事世宗惕惕佩光寵太祖方歷試握兵權已重上書范魯公先見不能用歷數不在周謳謠卒歸宋汗漫失屠龍接輿遂歌鳳

行荷伯倫鍾高卧畢卓瓮神德不為嫌優待臺憲俸晚求
萬泉令吏隱官資冗一旦隨朝露識者彌哀痛無子嗣家
聲身世若一夢文編多散失人口時傳誦空持一器酒何
處澆孤家

故國子博士郭公忠恕

汾陽飽經術賦性甚坦率在昔舉神童廣場推傑出尚書
誦在口何論落自筆（公應舉時口念尚書手寫論語）總角取科名弱冠紆
纓綬早佐襄陰幕漢鼎入周室失志罷屠龍佯狂遂捫虱
周行亦黽勉吏隱多放逸滑稽東方朔圖畫王摩詰古文
識蝌蚪與學辯萍實字窮蒼頡本篆證陽冰失王續醉為
鄉伯倫居無廼俸錢乏一囊宦路從三點朱衣多不著白

髮仍慵櫛漸老羈旅年方見昇平日忽以伎術召此意殊鬱鬱放口忤無鬚何門求造膝遁逃終見捕譴逐道中卒遺孤落閭閻荒塚鳴蟋蟀手澤漸難求誰家耀箱帙投吊焚此詩九原應有物

故太子中允知洛陽縣頡公贊

洛陽富文彩峭拔四子流提筆入廣場辭氣干斗牛擢第在芸閣言事觸冕旒左降宰百里道勝心無憂才高恥吏役放蕩不檢修起應賢良科下筆不見休青宮尚淹恤赤縣且優游輕財糞土賤高義雲天浮懸磬任貧窶盈樽長獻酬知己彼何人鳳閣與鼇頭推挽終不起壯志將焉收晚年圯橋役闤市良可羞忽然為異物寒草封一邱孀嫠

應凍餓交友誰尋求遺孫方稚齒爽秀已遒遒皇天若有
憑必使光貽謀

太一宮祭迴馬上偶作寄韓德純道士

去年曁今夏承詔祠天神昔當搖落時宮葉紅紛紛此來
芳春暮宮草青蓁蓁三日奉齋潔百骸祛垢氛御署致恭
虔天香何絪緼監祀黃門郎攝官紫微臣松枝拂劍珮樹
影光摺紳燈燭晃白晝香花藹清芬金殿禮神仙瑤壇醮
星辰至誠不為已玄鑒當福仁質明祀事畢復命趨紫宸
揚鞭入村落緩轡聊逡巡麥田少時雨蠶月無閑人自慙
懷祿仕蠹此力穡民又拋三洞趣來入九衢塵不如韓道
士長此養天真

送筇杖與劉湛然道士

有客遺竹杖九節共一枝鶴脛（脰）老更長龍骨乾且奇我問何所來來從西南夷因思漢武帝求此民力疲明明聖天子德教加（如）四維蠻貊盡臣妾縣道皆羈縻僰僮與笮馬入貢何纍纍此竹日已賤輕視如蒿藜我年三十七血氣未全衰況在紫微垣動為簪笏羈倚壁如長（去聲）物歲月無所施寸心空愛惜惜此來天涯忽承明主詔來謁太一祠再見劉先生氣貌清且羸持此以為贈所謂得其宜少助橘童力好引花鹿隨步月莫離手看山聊搘頤微物懶致書故作筇竹（杖）詩

無去聲二字

對雪

帝鄉歲云暮衡門晝長閉五日免常參三館無公事讀書
夜臥遲多成日高睡睡起毛骨寒窓牖瓊花墜披衣出户
看飄飄滿天地豈敢患貧居聊將賀豐歲月俸雖無餘晨
炊且相繼薪芻未闕供酒肴亦能備數杯奉親老一酌均
兄弟妻子不飢寒相聚歌時瑞因思河朔民輸挽供邊鄙
車重數十斛路遥幾百里羸蹄凍不行死轍冰難曳夜來
何處宿閴寂荒陂裏又思邊塞兵荷戈禦胡騎城上卓旌
旗樓中望烽燧弓勁添氣力甲寒侵骨髓今日何處行牢
落窮沙際自念亦何人偷安得如是深為蒼生蠹仍尸諫
官位謇諤無一言豈得為直士褒貶無一詞豈得為良吏
不耕一畝田不持一隻矢多慙富人術且乏安邊議空作

對雪吟勤勤謝知已

金吾

金吾河朔人事郡在賊列攀附周世宗龍飛起魚鼈委質向聖朝積功取旄鉞所在肆貪殘乘時恃勳伐皇家平金陵九江聚遺孽彌年城乃陷不使雞犬活老小數千人一怒盡流血三感無不具五福何嘗缺晚年得執金富貴居朝闕娛樂有清商康強無白髮享年六十九固不為夭折考終北牖下手足全啟發子孫十數人解珮就衰絰贈典頗優崇視朝為之輟哀榮既如是報應何足說責簿李廣死賜劍武安滅僥倖過古人況無大功烈福善與禍淫斯言僅虛設吁嗟為儒者寒餓守名節五十朝大夫龍鍾頭

似雪無故不殺羊禮文安可越何況賓祀間貧苦無羊殺

送戚維戚綸之閬州亳州

古人貴道德豈以祿位拘有道不在位顏回舜之徒無德殃且至商受為獨夫以此固名節富貴安足圖睢陽戚先生今世古之儒終身不求仕沒齒唯誦書孝愛睦姻族淳謹化里閭文翁變蜀土尚以德位俱仲淹居汾水專用素教敷青青子衿輩櫛比曳朝裾盛德苟無報吾道將焉如鯉庭生二子驪頷委雙珠樸朴厚有父風學業張皇謩謨各登進士科齊乘使者車閬中佐郡政亳社司權酤佐郡古半制可使惸嫠蘇榷酤今權道亦助軍國須牽車驥雖屈補履刃有餘誰謂佐著作在上積薪芻誰謂光祿勳其中混

瓊琚我亦何為者先上青雲衢伐木空求友拔茅未連茹
終待奮直筆會當伏青蒲請慎名與器願分賢與愚彙征
補皇極戮力張道樞巨魚方煦沫相忘在江湖賓鴻當順
風淬翼摩太虛此志尚壹鬱[redacted]奠良悲吁苦縣且密邇劍
闕多崎嶇于役勿為數加餐聊自娛尺素惠好音無惜雙
鯉魚

送陳侯之任同州

丈夫貴自奮何必恃[redacted]謀當年功不立古人重為憂太師
忠順公後世有餘休令子一何賢恥隨資蔭流碌碌奉朝
請君恩何以酬鬱鬱不快意上章聞冕旒願為循良吏未
甘恩澤侯天子嘉乃誠錫命涖同州同州古三輔壯望雄

且優詔條得以布民瘼得以求勿謂綺紈子當有襦袴謳
詩云無忝爾禮云必為裘去去繼旄節免作將門羞

送朱九齡

吏隱不求貴親老不擇祿之子有俊才弱冠中正鵠弗墜
先人業何慙有道轂一命佐碭山枳棘聊容足再命宰嘉
興綵桐幾(平聲)易俗率身甘菜茹養母求粱肉承顏苟不虧
折腰未為辱解印無餘貲舟中只琴筑十口寄淮泗一身
來輦轂又說東南行秋風江水漲鄱陽古名郡赤金流山
谷每歲鼓鑄刀從來設官局還得便高堂無辭靡逸躅颸
帆江湖思木脫天地肅楓葉紫斕斒蓼花紅⿱罒彔⿱罒毅津吏曉
來迎溪僧夜留宿至止事方簡優游從所欲江城豐稻粱

水市多魚藪三載奉甘飴百錢飽家族自有綵衣華勿歎藍袍綠行年未三十氣壯顏如玉行義日以聞焉能長碌碌終列侍臣班耀我同年錄且賦白華詩唱作離筵曲

暴富送孫何入史館

孟郊常貧苦忽吟不貧句為喜玉川子書船歸洛浦（孟郊有忽不貧喜盧仝書船歸洛詩）廼知君子心所樂在稽古漢公得高科不足唯墳素二年佐棠陰眼黑怕文簿躍身入三館爛目閱四庫孟貧昔不貧孫貧今暴富暴富亦須防文高被人妬

贈劉仲堪

劉生頗少秀為學識根柢卬軻有堂奧試脚到堦砌揚墨恣荒榛揮手欲芟薙攜文訪謫居趣向非權勢對挹雛鳳

下交言孤鶴唳在璞認良玉行當為國器彼茁見靈芽佇
可供王祭豈止隨衆人區區一枝桂宜哉孫漢公妻之以
女弟吾家兄之子笄年未伉儷恨不早相逢取子為佳壻

送馮尊師 時再為拾遺

前日訪潘閬下馬入窮巷忽見雙笋石臥向青苔上云是
馮尊師秋來留在茲今說東南行問我堅乞詩又見宋閣
老亦言師甚好欲去天台山即別長安道臺閣有羣英贈
別瑰與瓊琤然滿懷袖此事殊為榮安用徵吾句吾道方
齟齬老為八品官有山未能去東髮號男兒出處貴得宜
出則學皐夔獨立稱帝師處則同喬松泱起如冥鴻誰能
似蚯蚓蟠屈泥土中師行甚可羨雲鶴無羈絆為我持此

前空六行
後空十三行

詩題於桐栢觀

宋王黃州小畜集卷第四　校

吾研齋補鈔本校

吳郡潘紹仁校

余既得此宋刻補鈔本因手校一遍余向所藏鈔本注一本作某者往往与宋刻合而余友
收得吴枚菴校鈔本在乾隆二年晋中刻本其行款与宋刻同云亦出宋刻惜更謬誤
當是刻時妄改耳吴校所舉鈔本云出自盧召弓亦未必盡可據也余友張君訒菴者
讐校尤甚精審復借此本去校還書札云補鈔卷中亦有脫衍譌字惜鈔之者
未精詳也人苦不知足得見宋刻殘本又惜其不完爲遺恨不知天壤間尚有完本
存否耶染翰二字箋出在第七册牋啟中似作濡毫弄翰之意疑与本事不合且
元之引用書典頗有誤處枚菴据本已駁正兩條恐不止於此也我輩鈔書苟忽
同此愛惜近日故家零落講究藏書者絶無其人訒菴識爲碩果之存故載其
言以寄慨云端午日閒窗蕘夫識

宋王黃州小畜集卷第五目錄

古調詩

□□□□□八絕詩八首 八首并序

庶子泉

白龍泉

明月溪

清風亭

望日臺

歸雲洞

陽冰篆

垂藤蓋

連前目録

序每行低五格

宋王黄州小畜集卷第五

古調詩

□□□□□八絶詩 有序

唐大歷中隴西李幼卿以宮相領滁州刺史始遊琅邪山立廟（神寶）應寺故泉有庶子之號李陽冰篆其銘存諸石壁白龍泉又次焉繇是亭臺溪洞合垂藤蓋謂之八絶云皇宋至道元年予自翰林學士出官滁上因作古詩八章刻石於寺寺名開化者我朝改之也

庶子泉

物趣（形）固天造物景不自勝泉乎未遇人石鏄徒流迸宮相政多暇行樂躡巉（磴）蹬發蒙漲爲溪幽致兹焉盛唐賢大歷

後峭壁刻名姓我來一何暮今秋始乘興山勢環有鈌山門壺引柄乍挹清泚姿頗愜幽閑性味將春茗宜光與曉嵐瞑架竹落僧廚遠聲入晴磬何當宿禪室欹枕終夜聽飲多病骨換照久塵襟逈銷盡謫居愁無心治歸艇

白龍泉

崖石何鑿鑿㶁潏湧山脚含虛光可鑒影倒壁如削瀰漫到前溪支脉通遠壑白龍乃神物胡茲戀一勺勢能為霖雨力可興雷雹上天未有命茲焉縮頭角應防困螻蟻泥蟠詎敢躍菹醢曾是憂豢養殊非樂亦如君子道出處奇先覺吾生苦遷謫未免郡政縛偶來泉畔坐感興題秋籜斗擻纓上塵試就清漣濯聊將一掬水洗我面懸怍日暮

不忍歸風埃滿城郭

明月溪

漲溪者為誰人骨皆已朽我來尋故跡溪荒亂泉吼惜哉幽勝事盡落唐賢手惟餘舊時月團團照山口

清風亭

玆亭廢已久厥趾猶在哉清風為我起疑有精靈來神交念宮相臨砌傾一杯迴頭問黃菊寂寞與誰開

望日臺

荒臺隱層碧雲磴踰百尺攀蘿試一[redacted]依然有遺跡掌舒舊砌平屏卓諸峰直憑高聊寫望孤懷念鄉國長安不可見但對金烏赤傾盡葵藿心庶免浮雲隔

歸雲洞

碧洞何躭躭呀然倚山根朝雲出如嘔暮雲歸如吞大塊氣不死茲爲玄牝門恠石擁左右勢若貙虎蹲旁行數十步漆黑不可捫安得鞭燭龍爲吾前驅犇（奔）尋盡神仙窟一一知其源

陽冰篆

泠泠庶子泉落落陽冰筆雲氣勢崩垂龍蛇互蟠屈嶧山旣劖滅石鼓又鈌失唯茲數十字遒勁倚雲窟模印徧華夷流傳耀緗帙書誠一藝爾小道詎可忽乃知出人事千古名不沒（滅）

垂藤蓋

古藤何樛蟠低蔭庶子泉童童若垂蓋特在絕壁前月穿
波影碎露滴岸聲圓曉籠使自醉在[redacted]溪僧禪昔之好事
者為作出偶然人亡藤已朽猶得聲名傳我欲移青松植
向泉眼邊既圖歲日久復取節操全所為亦一時所期或
千年庶吾不朽名長明偃蓋懸

東門送郎吏行寄承旨宋侍郎

西門送僕射鞍馬照路光南門送貳卿冠蓋遙相望東門
送郎吏艤舟隨堤傍是歲六月十一[redacted]僕射呂相公赴西京二十一日[redacted]禮部赴南陽二十三日予赴滁州[redacted]東侍郎皆為[redacted]席之[redacted]郎吏誠隔品同直白玉堂丈人況
知已振拔在舉揚攜手惜我去深勸離別觴醉中不記事
煙水空茫茫醒來聞鳴櫓嘔軋獨[illegible]傷猶疑在禁中殘漏

傷複韻 案宋刻補鈔本韻獨

一傷作搖 斜陽作是

寒丁當迴望銀臺閒五雲遮帝鄉聚散今如此升沉庸何傷丈人名位峻只欠登巖廊平居倦朝請高論思退藏圃田有別業古木羅修篁覃亭寒蕭蕭池波碧泱泱嘗云拂袖去可以傲羲皇丈人果能爾識度非尋常安車比踈廣辟穀如張良再拜願丈人壽考仍康强自念山野士不解隨圓方宦途多齟齬身計頗悲凉行將解簪笏歸去事農桑幸容操履杖灑掃循邱墻

送林介

八年困名場萬里省慈親吟變閩越聲衣有京洛塵况復久相依知子文行淳不能致一第虛作金鑾臣昔予貶商洛相送遠涉溱今子謫滁上語別清淮濱途窮與道喪詎

免同沾巾

北樓感事 有序

唐朱崖李太尉衛公為滁州刺史作懷嵩樓取懷歸嵩洛之義也衛公自為之記其中述直翰林時同僚存歿且有白鷄黃犬之歎頗露知退之心及自滁徵拜再秉鈞軸卒以怙權賈禍貶死海外則向之立言誠空文爾皇宋至道元年夏五月僕自翰林學士尚書禮部員外郎知制誥除工部郎中知滁州軍州事到郡之日訪衛公舊跡樓之與記皆莫知也而郡有北樓通刺史公署登眺終日甚亦自得作北樓感事詩以見志

北樓出林杪登覽開病姿旁帶滁州城雉堞何逶迤下入

鈔本无詩字

刺史宅郄臨統軍池（孟統軍鑿池在樓中）小伊予翰林客失職方在茲兩衙簿領外盡日吟望時晚窓度急雨夏木交繁枝淮南氣候殊經秋囀黃鸝簷前有山菓採掇亦甘滋樽中有官醞傾酌任醇醨忘機得真趣懷古生遠思念昔李太尉落落邦家基下筆到西漢料兵如六奇謫官來此郡鬱鬱持一麾嘗作懷嵩樓記文悲盛衰甚得進退理深明禍福機未幾再入用斯言忽如遺君恩匪膠柱天殃若影隨六月萬里行炎荒竟不歸功成又名遂不退將安之姑以人事較勿憑天命推矧予草澤士被褐復羹藜謬因弄文翰八載侍丹墀三入承明廬古人期並馳玉堂百日罷所累非文辭（詞）强仕未為老望郎不為卑淮邉永陽郡人物自熙

熙費用量所入豐約從其宜一妻本糟糠不識金翠施三男無庶孽詎愛紈綺貲甘貧絕誅求易退無羈縻五十擬歸耕何必懸車期且予望衛公雲龍與山麋唐賢昔際遇文雅道光輝進士取將相易於俯拾棋自從五代來素風已陵遲干戈為政事茅土輸健兒儒冠筮仕者僅免寒與饑至今明聖代此風猶未移自無經濟術烏用碌碌為歸歟復歸歟無忘壯樓詩

送劉職方

罷直出玉堂詔授尚書郎朝僉假郡印承乏來永陽喜開黃紙書云替劉職方職方老狀頭疇昔名擅場宦游三十載寸進鴛鷺行未出六品班髭鬢已垂霜顧予新進生遭

時恣翱翔綸闈與內署堂（掌）誥侍玉皇夜召赴浴殿春遊醉
栢梁晩出銀臺門朝服含天香為儒能到此自道摩穹蒼
今年四十二典郡清淮旁臥錦郎位正腰金服色光見君
深自媿撫已庸何傷古人重交代子孫不相忘西掖替左
司劉白形詩章劉夢得贈白公詩云蘇州刺史例能詩西掖今來替左司況我忝翰林
而君列文昌待將官與氏山寺題修篁共保不朽名他年
比甘棠昇沉何足道聚散安有常且當唱此詩為君送離
觴

感興

吾嘗入深山谿谷寒且沍杉檜頗凌雲歲月自朽蠹般輸
目不見何由用斤斧東山大夫松中岳金鷄樹秦政本獨

夫則天乃淫嫗名號被常材所幸因一顧為木豈有命偶
然生要路誰取澗底松立作明堂柱

老態

白髮不相饒秋來生鬢邊黑花最相親終日在眼前老態
固具矣宦情信悠然唯當共心約收拾早歸田

官醞

為郡得官醞月給盈三斛地僻少使車時清罕留獄老大
復遷謫吾懷頗幽獨嬋娟樓上月爛漫池邊菊東院與西
亭翛翛風弄竹對此不開樽騷人應慟哭獨酌入醉鄉陶
然瞑雙目醒來成浩歎胡為事口腹奭酒書垂誡羣飲聖
所戮漢文亦禁酒患在糜人穀自從孝武來用度常不足

権醨奪人利取錢入官屋古今事相倍帝皇道難復吾無（監與史且）奈爾何更盡杯中淥

射弩

覽張見舊吏强弩亦古官如何壯夫事今作儒者歡罸郡在僻左時清政多閑戎裝命賓侶作此開愁顏吳弩號健捷僕夫為吾彎正候廢已久畫紙為雕盤日暈生幾重桂壁何團圞記籌鼓聲急中的酒量寬誠非軍旅事亦有堵墻觀安得十萬枝長驅過桑乾射彼老上庭奪取燕脂山不見一匈奴直抵瀚海還壯（纔）方盡（到）納款獻壽天可汗吾徒久不武干祿為饑（笑擁）寒所得斗（妓）升祿齷齪在朝班不如執戈士意氣登韓壇[redacted]白玉鼓醉馳黃金鞍郡官一生俸供

爾數月間儒將古前重料與[redacted]誰知戴章甫終老弄
辛酸偶因兒戲為啼念[redacted]自慷慨素髮衝儒冠

黑裘

野蠶自成繭繰客為山紬此物産何許萊夷負海州一端
重數斤裁染為褻裘守黑異華侈崇儉非輕柔燻香則無
取風雪曾何憂朝可奉冠帶夜以為衾裯晏嬰三十年庶
幾跡相侔季子歎貂弊吾服已為優不恥狐貉者亦當師
仲由況我屢遷謫行採賡歌謳映髮垂鷺頂植杖昂鳩頭
袖寬可以舞老農即為儔不曳銀臺門任爾爭封侯

聞鴞 有序

滁淮地也郡堞之上鴟鴞巢焉□□永夕鳴嘯不已妻子

謳字抄本空
不曳五字抄本空

驚死或終夜不寐因作詩以喻□并徵前賢放逐而聞

是鵠者總而述云以見吾志

元精自萬彙羽族何茫茫為怪有鵂鶹為瑞稱鳳皇鳳皇不時出未識五色章吾生在鄒魯風土殊遠方鳴鳩隨乳燕日夕巢我梁翩翾雜鳥雀屋宰為常又從筮仕來五年居帝鄉更直入承明侍宴夜未央上林聞鶯囀巧舌如笙簧鵂鶹徒知名聞見實未嘗頃年謫商山聽之已悲涼令茲出內庭罰郡來永陽誰知爾鶹鵂營巢在城墻年加睡漸少秋盡漏且長鳴嘯殊不已歷歷含微霜孺人泣我右稚子啼我傍吾心非達士詎免亦悵悵人生縱百歲忽若石火光其間有窮通幽昧難自量我愛皐與夔裁冠虞

是字下一本有鳥者二字

舜堂簫韶聞九成丹穴來鏘鏘又愛閼與散陳力遇文王鸑鷟聽岐山多士周道昌嗟嗟漢賈誼年少謫南荒故有鵩鳥賦倚伏理甚詳郇公暨鄴侯放逐同一邦夜深聞此鳥韋公涕沾裳李侯舉酒令斯音非不祥坐客如不聞罰之以巨觴遂使惡鳥聲聽之靡所傷（天寶中韋郇公謫守蘄州時李鄴侯亦以處士放逐因夜飲聞鴟鴞韋公泣下李侯曰此鳥人以為惡其聲可聽乃令坐客有不聞其聲者罰以大白由是聽之不厭）贊皇貶袁州懷鴞義亦臧（李太尉有懷鴞賦）乃知昔賢哲未免亦悽遑況予不肖者邀寵在朝行報國惟直道謀身昧周防四年兩度黜鬢髮已蒼蒼雖得五品官銷盡百鍊鋼何當解印綬歸田謝膏粱教兒勤稼穡與妻甘糟糠鳳來非我慶鴞集非吾殃優游盡天年身世俱可忘

甘菊冷淘

經年厭粱肉頗覺道氣渾孟春致齋戒敕廚惟素飧淮南地甚暖甘菊生籬根長芽出土膏小葉弄晴暾采采忽盈把洗去朝露痕俸麵新且細溲牢如玉墩隨刀落銀鏤煮投寒泉盆雜此青青色芳香敵蘭蓀一舉無孑遺空愧越盤存解衣露其腹稚子為我捫飽慙廣文鄭饑謝魯山元（廣文先生飯不足元魯山餓而死）況吾草澤士藜藿供朝昏謬因事筆硯名通金馬門官供政事食久直紫微垣（知制誥給政事食自小許公始）誰言謫滁上吾族飽且溫既無甘旨慶焉用鱸味繁子美重槐葉直欲獻至尊（事見杜工部槐葉冷陶詩）起予有遺韻甫也可與言

霪雨中偶書所見

丙申二月七是夕月離畢春雲忽霮霸春雨復濛密綿綿

殆三旬不見天上日謫官在淮甸幽抱常鬱鬱豈無琅邪

山泥濘不可出空庭唯蚯蚓得勢互蟠屈乘茲積陰氣小

穴恣出沒山禽忽飛下長嘴啄深窟倒曳方力爭强吞遽

全夾食土與巢林上下非儔匹胡然罹此酷不能保微質

嗟嗟彼羣小傾奪事匪一儀鳳去九夷神龍入泉室如何

得吾眼瞻視此小物歸来因浩歎自悔成詩筆

唱山歌

滁民帶楚俗下俚同巴音歲稔又時安春来恣歌吟接臂

轉若環聚首叢如林男女互相調其詞事奔淫修教不易

俗吾亦弗之禁夜闌尚未闋其樂何愔愔用此散楚兵

子房謀計深乃知國家事成敗因人心

訓楊遂

楊君江左士文律何飄飄人言未冠時作賦凌洞簫甲科中南國江南狀元第及通籍趨東朝入中國為贊善輙軻位不進陶潛還折腰復為縣令宰邑向蜀道萑蒲忽興妖袄官小力不支犇竄避槍刀朝廷責守土黜入縣佐僚昨朝寫孤憤遺我有客謡伊予亦左遷諷之心無慘人生一世間否泰安可逃但姑問道何如未必論卑高自古富貴者擾亂如藜蒿德業苟無取未死名已消豈期顏子淵不朽在一瓢推此任窮達其樂方陶陶達則為鵾鵬窮則為鷦鷯垂天與巢林識分皆逍遥

抄本作姑

和楊遂賀雨

我罷内庭職出臨永陽民永陽民雖庶未免多饑貧富之既無術齪齪為謹身可堪今夏旱如燎復如焚厥田本塗泥坐見生埃氛稚老無所訴噭噭望穹旻食祿憂人憂蚤夜眉不伸促決獄中囚徧禱境内神楚辭有山鬼廟貌羅水濵胡法有浮圖寺宇連城闉齋莊命寮寀供給抽俸緡鼓笛迎湫水香花照金輪誠知非典故且慰旱熯人偶與天雨會霶霈四郊匀揷秧復修堰野叟何欣欣可辦官賦調亦免農艱辛爕調賴時相感應由聖君於吾復何有敢望歌頌云清流楊水部德與我為鄰仇香官位屈何遜詩格新見投賀雨篇言自人口聞夫君蓋私我過實豈相親

為霖非我事職業惟詞臣若有民謡起當歌帝澤春庶使
採詩官入奏助南薰楊詩云願使輯百福長與民為霖

宋王黄州小畜集卷第五　校

吾研齋補鈔本校

宋王黄州小畜集卷第六目録

古詩

□□□□□揚州寒食贈屯田張員外成均吴博士同年殿省

柳丞

揚州池亭即事

一品孫鄭昱

鳳皇陂

月波樓詠懷 有序

十一月二十日作

雷

秋霖二首

真娘墓

遊虎邱

吳王墓

橄欖

為惡

宋王黄州小畜集卷第六

古詩

□□□□揚州寒食贈屯田張員外成均吳博士同年殿省

柳丞

前年寒食節待詔直內庭休假百官出獨掩深嚴扃近侍不敢醉賜酒空滿瓶閑就通中枕時聞索上鈴思入無何鄉兀然欲忘形去年寒食日滁上忝專城山歌喧里巷春物媚池亭永陽溪水綠瑯邪山色青謫宦自消遣不敢誇獨醒往往取官醞時時對花傾醉來念身世翻使淚縱橫今年涖淮海時節又清明對案有留事聽歌無歡聲胥徒費簿領使客煩送迎狴牢未空歇堰埭勞修營衰病力不

支懶慢性已成虛花滿雙目素髮添幾莖酒肴略無味妓樂固難聽誰言寒食下終日取茶烹屯田布素交屈此闒市征昔年同應舉典衣飛巨觥博士東觀客求官得步兵况且丹陛前同為出谷鶯殿丞尹我邑桑梓復弟兄吏隱掌鹺茗終朝談道經三賢宴會少七夕休假并何不策我馬廢苑尋流螢何不蕩我舟樓臺訪摘星三春景欲盡九曲波始平居然逼吏役頓此阻交情老態厭春華病身憂宿酲如水若不改藉糟亦胡寧解印蓄素志吟詩露丹誠維揚非所愛有便即歸耕

揚州池亭即事

寘心閑羣動亦各趨所安胡為名利人戚戚常鮮歡吾生

四十四結珮呼羣官掌言綸閣待詔直金鑾匪謂得祿少所嗟行道難前年謫滁州憂時雙鬢殘賴有瑯邪溪時濯塵纓冠朝僉徙淮海任重力易殫君恩詎可報感激涕汍瀾民瘼不能治惻隱情悲酸況復多病身名宦心已闌歸田未果決懷祿尚盤桓公退何所適池亭一凭欄旭日媚春弄徵風生鳴湍呵童勿挾彈留客不持竿用冀魚鳥馴熙熙肆游觀神仙未可學吏隱聊自寬孤吟刻幽石些義非考槃

一品孫鄭昱 鄭絪元和中拜相至鄭昱六世矣

卜葬得告假南出安上門鞭馬六十里暮投中書村村翁館我宿茅屋欲黃昏有客忽投刺自稱一品孫氣貌不凡

俗因為開酒罇坐久問家諜其族大且繁池州有清節濫

觴發洪源（鄭𡚒天寶末攜家適于嵩少不受祿山偽命由是有清名大麻中自尚書郎刺池州不赴任遂隱居嵩洛生子絪最知名羨累一贈司空絪自撰父碑事迹甚詳）太傅擅鴻筆入相又出

藩（絪元和中拜相又鎮嶺表終太子太傅致仕年七十八王起撰碑）其家本開封改號一

何尊（絪為相時詔改宰輔鄉鳳池里中書村）至昱始六代布衣老邱樊（絪生祇德祇德之子曰𩔰大中朝尚主顥弟項乾寧中太子太保項子嶠太子少詹事嶠子藇鳳一品孫補太廟齋郎顯德元年終泌陽令藇子昱昱一品曾孫至絪六世矣）跨驢入府縣驅犢耕郊原家廟固

已毀國史空具存盛德百世著功必格乾坤高太已不祀

𡚒絪何可論況復起章句秉時寵便蕃子孫雖替陵尚得

守田園我愛三代時法度有深根鄉大夫稱家世世奉蘋

蘩四民有定分宦路無馳奔自從雜霸道傾奪日喧喧脫

抄本作大夫称家世世之孝蘋蘩

未秉金鉞吮筆乘朱軒朝榮暮辱容易如掌翻古道不可復頽波益以渾何况度木者倒置輪與轅我亦起白屋兩朝直紫垣蔭子有冠裳賞延弟與昆盡待食人祿將何報君恩農桑國之本孝義古所敦五族不力穡終歲飽且温雖非享富貴亦以蠹黎元唐賢尚消歇我輩奚足言呼兒諷此詩播在箎與塤

鳳皇陂

次公治穎川仁政被一方神物不藏瑞茲焉集鳳皇在昔奏簫韶舜庭來蹌蹌西伯有至化亦見鳴岐陽仲尼豈無德已矣空悲傷夫何刀筆吏而能致殊祥我來過荒陂煙草但蒼蒼緬懷漢循吏史筆恐未詳

序低五格

月波樓詠懷 有序

月波之名不知得於誰氏圖綴故老皆無聞焉因作古詩一章凡六百八十字陷於樓壁庶使茲樓之名與詩不泯也

郡城無大小雉堞皆有樓其間著名者不過十數州吹簫事遼夐仙跡難尋求庾公在九江締構何風流謝守鎮宣城疊障名有由東陽敞八詠吾聞沈隱侯白雪架郢中調高誰難和詶黃鶴倚鄂渚仙去事悠悠贊皇謫滁上作賦懷嵩丘樓居出俗態澤國多勝遊好景不遇人安得名存留齊安古郡廢移此清江頭築城隨山勢屈曲復環周茲樓最軒豁曠望西北陬武昌地如掌天末入雙眸平遠無林

抄本家

抄本犀

木一望同離婁山形如八字會合勢相勾東晉方士戴洋言武昌有山無林山形八字勢不及九故孫權以黄武元年都武昌八年還建業三國事既遠六朝名亦休近從唐末來爭奪互仇讎斯樓備矢石此地控咽喉終朝望烽燧連歲事戈矛可憐好詩景牢落無人收皇家統萬國遠邇盡懷柔三聖四十年蕩蕩文德修淮甸為内地黄岡壓上游儒冠假郡印踐更若公郵況多辦職吏誰肯恣吟謳伊余何為者竊慕騷人儔兩朝掌文翰十年侍冕旒去歲出西掖謫居抱窮愁日日江樓上風物得冥搜何人名月波此義頗為優西南新桂魄初上懸玉鈎晚瀨清且淺漂蕩影沉浮三五金波滿夜光如暗投驪龍弄頷珠晃朗照汀洲澹臺拔寶劍碎璧斬長虬冰輪曉入地推下

曉　拔

好詩景作詩好景

赤金毬闌干四五星斜漢印清秋誰家上元燈兒盛剳菰
藪此景吟不出謾使聲吻吻千里畫圖潤四時詩興幽野
花媚宮纈芳草鋪碧紬火雲照沙浦暴雨傾瓦溝白亂蘆
花散紅殷蔾穗稠簷冰垂若綆雪片大效鷗江籬煙漠漠
官柳雨颼颼舟子斜盪槳牧童倒騎牛水獺有時戲江豚
頗能泅山鳥奏竽籟落霞展衾裯魚網雪離離酒旗風颭
颭旅懷雖自適詩物奈相尤右顧徐邈洞精靈知在不左
瞰伍員廟荒隙令人羞樓中何所有官醞湛蚍蜉恭枰留
客坐調琴待僧抽橘苞鄰藥鼎疊筆閒茶甌平生性幽獨
寂寞誰獻酬官常已三黜懷抱羅百憂凭欄憶王粲望闕
同子牟自甘成潦倒無復事聲猷身世喻泡幻衣冠如贅

[illegible]放意無何鄉誰分親與仇寓形朝籍中毀譽任啁啾君恩無路報民瘼無術瘳唯慙戀祿俸未去耕田疇題詩郡樓上含毫思夷猶功名非范蠡何必泛扁舟

十月二十日作是日甚寒始有冰

重衾又重茵蓋覆衰孏身中夜忽涕泗無復及吾親須臾殘漏歇吏報國忌晨凌旦騎馬出溪冰薄澌澌路旁飢凍者顏色頗悲辛飽暖我不覺羞見黃州民昔賢終祿養往往歸隱淪誰教為妻子頭白走風塵脩身與行道多媿古時人

雷

商山春夏旱旱雷不降雨及秋又霖霪雷聲時一舉南山

嬾　修

復壯山碕礚若贙虎君子容必變所以敬天怒無乃豐隆
皃恣意檛雷鼓此怒既非天敬之亦奚取

秋霖二首

秋霖過百日歲望終何如嘉穀就穗生茁茁垂青鬚宿麥
未入土大田多泥塗河澗不辨馬原高恐生魚時政苟云
失生民亦何辜雨若是天淚天眼應已枯

其二

山雲百日雨山水十丈波田疇與道路一夕成江河巨石
大校蒬吹轉如蓬窠夏旱既損麥秋潦復無禾津梁盡傾
壞商販絕經過斗米二百餘吾生將奈何安敢比夷齊愚
聖不同科應如元魯山餓死深山阿元魯山山居阻水絕食而死

眞娘墓

女命在於色士命在於才無色無才者未死如塵灰虎邱真娘墓止是空土堆香魂與膩骨銷散隨黃埃何事千百年一名長在哉吳越多婦人死即藏山隈無色固無名邱冢空崔嵬惟此真娘墓客到情徘徊我是好名士為爾傾一杯我非好色者後人無相咍

遊虎邱

樂天曾守郡酷愛虎邱山一年十二度五馬來松關我今方吏隱心在雲水間野性羣麋鹿忘機狎鷗鷴乘興即一到興盡復自還不知使君貴何似長官閑

吳王墓

惜哉吳王墓秦帝常開破應笑埋金玉千年買餘禍不待

虎迹銷已聞鮀車過又是驪山頭炎炎三月火

橄欖

江東多果實橄欖稱珍奇北人將就酒食之先顰眉皮核苦且澁歷口復弃遺良久有迴味始覺甘如飴我今何所喻喻彼忠臣辭直道逆君耳斥逐投天涯世亂思其言噬臍焉能追寄語採詩官無輕橄欖詩

為惡

明時巧言士亂世佞倖郎佞倖惟茍且巧言頗包藏為惡雖不同同歸于覆亡

宋王黃州小畜集卷第六

律詩抄本無細目

宋王黄州小畜集卷第七目録

律詩

連前目録

宋王黃州小畜集卷第七

律詩

□□□□成武縣作

釋褐来成武初官且自强位卑松在澗俸薄葉經霜雨菌生書案飢禽啄印床猶驚寫秋卷槐砌落花黃

寄碭山主簿朱九齡

忽思蓬島會群仙二百同年最少年利市襴衫抛白紵風流名紙寫紅牋歌樓夜宴停銀燭柳巷春泥污錦韉今日折腰塵土裏共君追想好凄然

寄魚臺主簿傅翱

聽說魚臺景最奇鮑參軍到語多時時林法掾來自魚臺因言煙水之興故有

此句趣

天晴綠野懸漁網木脫空城露酒旗錦擲鮮鱗紅撥刺
雪翻寒鷺白襹褷仍誇縣尹風騷客應有秋來唱和詩

寄寧陵陳長官

吏隱寧陵縣琴堂枕古河家山隔江遠風雨過船多假日
親尋藥公庭自種莎相逢如舊識執手動勞歌

寄金鄉張贊善

年少辭榮自古稀朝衣不着着斑衣北堂侍膳侵星起南
畝催耕冒雨歸種竹野塘春笋脆採蘭幽澗露牙肥伊予
自是徒勞者未得同尋舊釣磯

赴長洲縣作二首

移任長洲縣登舟興有餘蓬高時見月棹穩不妨書雨碧

蘆枝懸霜紅蓼穗踈此行紆墨綬不是爲鱸魚

移任長洲縣辭親淚滿衣折腰雖未免搔首欲何歸曉白霜華重晴紅栗葉飛江頭鷗鳥在應恠不忘機

惠山寺留題

吟入惠山山下寺古泉閑挹味何嘉好拋此日陶潛米學煮當年陸羽茶猶負片心眠水石略開塵眼識烟霞勞生未了還東去孤棹寒篷宿浪花

遊虎邱山寺

寺墻圍着碧孱顔曾是當年海湧山盡把好峰藏院裏不教幽景落人間劍池草色經冬在石座苔花自古斑珍重晉朝吾祖宅一迴來此便忘還

寄獻潤州趙舍人二首

南徐城古樹蒼蒼衙府樓臺盡枕江甘露鐘聲清醉榻海門山色滴吟窓直廬久負題紅藥出鎮何妨擁碧幢聞說秋来自高尚道裝筇竹鶴成雙

記言彩筆罷摛華郡閣髙閑似道家琴院坐聽江寺磬郡樓吟見海山霞春園遺母親燒筍夜榻留僧自煮茶應笑陶潛未歸去折腰奔走在泥沙

寄毘陵劉博士

毘陵古郡接江堧赴任琴書共一船下岸且尋甘露寺到城先問恵山泉秋蟾吐檻供吟興野鶴偎牀伴醉眠官散道孤詩格筆老算不應雙鬢更皤然

謝柴侍御送鶴

兩朶春雲墮世間霜臺乞與縣僚看骨含仙氣生来瘦羽插天風過處寒唳別繡衣聲寂寞舞隨藍綬意闌珊今朝牕外頻相顧應恠頭無獬豸冠

官舍書懷呈羅思純

同年事分幾般同墨綬逶迤一郡中仙桂並枝攀月魄縣花交影笑春風分莎種就尋僧逕借竹編成養鶴籠公暇不妨閑唱和免教来往遞詩筒

除夜寄羅評事同年三首

歲暮洞庭山知君思浩然年侵曉色盡人枕夜濤眠移棹燈風搖浪開窓雪滿天無因一乘興同醉太湖船

除夜在天涯共君同憶歸夢中傾壽酒堂下着斑衣臘雪
通宵舞梅花到處飛更堪洞庭宿愁思倍依依
郡僚方賀正獨宿太湖稜堦下羞為吏船中秖載僧折梅
和薄雪煮茗對孤燈應笑排衙早寒靴踏曉氷

陸羽茶泉

甃石封苔百尺深試茶嘗味少知音唯餘半夜泉中月留
得先生一片心

投柴殿院 三十韻

南面修文德東吳納土疆蒼生思撫育丹詔擇循良烏府
官新轉龍頭桂舊香渡江驄馬瘦垂地繡衣長綸閣材知
屈蘇臺俗必康恩流一車雨威凜栢臺霜休假尋山寺行

春泊野塘白公是前政曾望有維桑求瘼心雖切頤神道
豈妨煎茶虎邱井擣藥木蘭堂筍蕨供家饌園林着道裝
擊節敎鶴舞收橘待僧嘗迎使朝衣穩娛賓綺席張犬聲
銷巷陌鶯舌動笙簧吟句題秋葉孤琴貯夜囊歌樓寒月
白飲舫晚波涼官業除苛法家風襲雅章故兵部員外郎自牧之子兵部以詩名擢第豸冠危肅物象簡醉橫床熊軾淹寧久鼇頭譽轉
芳南園休命侶北闕即徵黃清貴容誰見遭逢合自强字
人吻屬邑畏德每循牆名品知懸隔孤危俟薦揚折腰休
太息青眼異尋常岱岳容拳石滄溟納濫觴扶摇如借便
羽翼必高翔從事員多闕徒勞跡可傷金臺雖載築珠履
未成行始愧前言在依劉後進光免教青史上獨美一燕

王

東鄰竹

東鄰誰種竹偏稱長官心月上分清影風来惠好音低枝
疑見接迸筍似相尋多謝此君意牆頭誘我吟

南園偶題

天子優賢是有唐鑑湖恩賜賀知章他年我若功成去乞
取南園作醉鄉

戲贈嘉興朱宰同年

縣前蘇小舊荒墳應作行雲入夢頻猶勝白公尉盩厔庭
花剛喚作夫人（朱未婚）

春日官舍偶題

薄宦苦流離壯年心已衰鷴花愁不覺風雨病先知曉月晃竹屋寒苔疊槿籬無人慰幽寂庭柳自低垂

寄獻翰林宋舍人

金鼎鹽梅偶未和味髙猶説野情多宮墻月上開琴匣道院風清響藥籠留客旋燒含露筍倩僧教種耐霜莎孤寒知有為霖望未忍江頭釣渌波

吳江縣寺留題

松江江寺對峰巒檻外生池接野灘幽鷺静翹春草碧病僧閑説夜濤寒晨齋施筍雖（唯）溪叟國忌行香秪縣官盡日門前照流水塵纓渾擬濯沈瀾

獻轉運使雷諫議二首

當年辭氣壓朱雲老作皇家諫諍臣章疏罷封無事日朝廷猶惜直言人題詩野館光泉石講易秋堂動鬼神棘寺下僚叨末路齋心唯願秉陶鈞

江南江北接王畿漕運帆檣去似飛父子有才同富國君王無事免宵衣屏除姦吏魂應喪養活疲民肉漸肥還有文場受恩客望塵情抱倍依依 時諫議子有終為淮南轉運

羅思純鶴斃為四韻吊之

雪乾朱澹殞仙姿千歲無徵事可悲埋瘞肯饒鸚鵡塚飛鳴不到鳳皇池遺翎尚在飄松逕舊跡猶存傍槿籬應得羽人尸假術夜來何處啄靈芝

即席送許製之曹南省兄衮

梅爛荷圓六月天歸帆高背虎邱烟到時自是成行鴈别處休聽滿樹蟬賣劍為賒吳市酒攜家猶借洞庭船待看春牓来江外名占蓬萊第幾仙

中元夜宿餘杭仙泉寺留題

祭廟廻来略問禪（時以歳旱山廟祈雨退宿于寺）蘚墻莎逕碧山前風䟽遠磬秋開講水響寒車夜救田藍綬有香花藹藹竹窗無寐月嬋娟自慙政術貽枯旱忍卧松陰漱石泉

贈草庵禪師

陽山山下草庵深（陽山一名餘杭）寂寂香燈對遠岑莫恠相看揔無語坐禪為政一般心

言懷

應作秦　餘杭

宦途日日與心違人事紛紛任是非却為遊山置行李漁家船舫道家衣

題響屧廊壁

廊壞空留響屧名為因西子遶廊行可憐伍相終朝諫誰記當時曳履聲

中秋月

何處見清輝登樓正午時莫辭終夕看動是隔年期冷濕流螢草光凝宿鶴枝不禁鷄唱曉輕別下天涯

贈採訪使閣門穆舍人

經略十三州東南帝不憂二年辭玉砌幾夜夢珠旒旌旆雖遐適江山是勝遊風謠隨處採民瘼盡心求報國機鈴

簃供吟景象幽煮茶溪畔寺望月海邊樓步武思龍尾琴書在鷁舟聽泉調玉軫拂石試銀鈎古畫多收買新詩寡和訓酒醒聞瀑響睡起見潮頭奉使時將久歸朝禮必優一麾先出守萬户待封侯遇主當宜貴遺材亦合收此身居下位無路晝良籌已悔田園廢堪驚鬢髮秋憑誰念寒苦秖自擬歸休僻甚陶元亮貧過魯仲由品題殊不濫清濁肯同流復命期三接陳詩説四愁薦雄如有便還解敎身酬穆好琴頗善書扎

泛吳淞江

葦篷疎薄漏斜陽半日孤吟未過江唯有鷺鷥知我意時時翹足對船窻

獻轉運副使太常李博士

邦計動宸衷時賢涖浙東量寬吞渤澥氣直禀崆峒博士燕人
捧詔瑤墀下辭班玉筍中饋糧蕭相國制禮叔孫通舉措
敦儒行談諧有古風冀方思舊政博士前理冀人懷之江表佇成
功吏畏嚴霜白民歌愛日紅勤王雖運智修道豈妨公旋
種煙莎逕鬧科雨竹叢養成丹頂鶴瘦盡雪花驄移石情
無倦抄書俸不充晨餐燒露筍秋句寫霜楓碁閣連花隖
書窓映燭籠僧傳栽樹法客獻遞詩筒飲席螺為盞吟舟
葦作篷按琴苔院冷搗藥月堂空清白成家計操修達聖
聰即徵歸象闕清秩冠鵷鴻

蘇州寒食日送人歸覲

江城寒食下花木慘離魂幾宿投山寺孤帆過海門蓬聲潑火雨柳色禁烟村定省高堂後斑衣減淚痕

春晚遊太和宮

數里新萍夾岸莎春來乘興宿煙蘿隨風蝴蝶顛狂甚當路花枝採折多絳節參差抽苦筍翠鈿狼藉撒圓荷湖山滿眼不休去空羨漁翁雨一蓑

再泛吳江

二年為吏住江濱重到江頭照病身滿眼碧波輸野鳥一蓑疎雨屬漁人隨船（隨潮）曉月孤輪白入座晴山數點青張翰精靈還笑我綠袍依舊惹埃塵

筍三首

數里春蹊獨自尋迸犀抽錦亂森森田文死去賓朋散抛擲三千玳瑁簪

綠玉脩脩冷罩煙一溪春露洗嬋娟不知徐福歸何處丱女童男泣海田

一夜春雷起舊根亂披烟籜出溪門稚川龍過頻廻首認得青青數代孫

官舍書懷呈郡守

年來潘令鬢初凋瘦馬青衫恥下僚藥債漸多醫宿疾宦情猶切戀明朝空江梅雨添幽鬱古縣槐花鑠寂寥賴有郡候知已在每憐憔悴貰金貂

贈母中舍

嶺表榆關路險巇須條持節兩無辭四方自是男兒事萬里歸来聖主知中舍嘗奉使入蕃又連收嶺外二郡由是知名磧雪舊行開入夢貪泉曾飲別留詩如今已見功名立休憶當年一桂枝

贈贊寧大師

詔修僧史浙江濱萬卷書中老一身赴闕尚留支遁馬援毫應待仲尼麟滇濛雪影松窗曉狼籍苔花竹院春還許幽齋暫相訪却慚陶令滿衣塵

題錢塘縣羅江東手植海棠

江東遺跡在錢塘手植庭花滿縣香若使當年居顯位海棠今日是甘棠

武平寺留題

縣齋東面是禪齋公退何妨引鶴來長愛座中如洞府却
憩衣上有塵埃竹聲冷撼秋窓雨山影青籠曉院苔最憶
去年飛雪裏煮茶煨栗夜深迴

贈湖州張從事

前年春牓亞龍頭詞賦曾推第一流上直未歸紅藥院供
吟先得白蘋洲酒醒野寺烹山蕨公退溪亭狎海鷗自是
吳門折腰吏滿衣塵土為君羞

送李中舍罷蕭山赴闕

吏隱江東五六年歸時猶戀好山川野僧送別攜詩句瘦
馬臨歧當酒錢吳院醉逢梅弄雪隋堤吟見柳垂煙自言
更共秋濤約未捨西興一釣船

寄主客安員外十韻

龍郡歸蘭省，還愁到帝鄉。趍朝騎瘦馬，賃宅住閑坊。命服紆春草，吟髭鑷夜霜。有心憶雲水，無語狎班行。藥債經年欠，文編滿篋藏。教兒誦詩賦，倩客賣囊裝。尋寺誰同步，留僧自拂床。舉公捘卷軸，時相見文章。窮達君雖了，沉淪我亦傷。何當昇大用，吾道始輝光。

和郡僚題李中舍公署

樹影池光映曉霞，綠楊陰下吏排衙。閑拖屐齒妨橫筍，靜拂琴床有落花。地脉暗分吳苑水，廚煙時煮洞庭茶。青宮詞客多閑暇，按曲飛觴待歲華。

送奉常李丞赴闕

江城方話舊捧詔去長安宦路相逢少鄉情敘別難煙波迷曉渡風雨動春寒初夏應迴首重期看牡丹

題張處士溪居

雲裏寒溪竹裏橋野人居處絕塵囂病来芳草生漁艇睡起殘花落酒瓢閑把道書尋晚逕靜攜茶鼎洗春潮長洲懶吏頻過此為愛盤飧有藥苗

初拜拾遺遊瓊林苑

開筵曾遊此綴行五年為吏別仙鄉杏園鶯蝶如相識應怪重来舊綬香

館中春直偶題

御柳差差拂禁墻非才何事直仙鄉坐聞雞唱皇宮近曉

枕魚須白日長簾挂蘚庭微雨霽硯添桐井落花香春風老盡詩情澹翻卷青編獨繞廊

寄贊寧上人 時上人進新修高僧傳有詔赴闕

支公兼有董狐才史傳修成乙夜開天子遠酬丹詔去高僧不出白雲來眉毫久別應垂雪心印休傳本似灰若念重瞳欲相見未妨西上一浮杯

歲暮偶書寄蘇臺舊僚友

吳門吏隱過三年何事陶潛捧詔還步武已趨龍尾道夢魂猶憶虎丘山花開茂苑誰同醉雪滿梁園獨掩關會待他年求郡印劍池重遶碧潺潺

朝退偶題

吏隱金門秖似閑退朝窮巷懶開關經年不到公卿宅五日空隨侍從班禁漏出花寒歷歷御泉通市細潺潺功名未立年猶少爭忍攜琴去舊山

送王司諫赴淮南轉運

白獸樽前侍玉除暫分邦計別宸居映淮風月供吟筆拱極星辰伴使車別岸酒濃桑葉落野亭霜薄菊花踈東南莫作三年調紅藥香繁在直廬

送郝校書從事相州

提筆從戎別帝鄉官清兼領校書郎將軍幕下紅蓮媚詩客袖中丹桂香吟倚旌旗春過雨醉聽刁斗夜含霜金臺莫作多時計非久應歸振鷺行

獻僕射相公二首

罷調金鼎道光輝閒說閑園自種薇書院日斜春睡覺沙堤人靜早朝歸吟穿竹逕僧同步醉遶花庭蝶上衣却恐優游未終歲台星依舊照皇扉

五年黃閣掌陶甄憂國翻成兩鬢斑初到廟堂溫樹冷暫收霖雨岳雲閑春園領鶴尋芳草小閣留僧畫遠山惟有門生苦求見竹齋花院一開關

賀李宗諤先輩除校書郎

秘省官清住帝鄉春來春牓探花郎未吟紅藥歸西掖且着青衫侍壯堂射策更期揮健筆騎驢猶得醉閑坊同年佐邑應相羨衣上芸香雜桂香

送夏侯正言襄陽迎親

蘭省方𨈬乙夜書襄陽迎侍暫脂車揮毫偶未歸綸閣衣錦何妨奉板輿峴首碑前留馬足鹿門山下宿僧居漢皐游女曾相識應解鳴璫換佩魚

送鞠評事宰蘭溪

東下蘭溪數十程幾多山水入圖經科名舊捷仙人桂縣界遥看婺女星琴院靜籠江樹綠勑樓高對海峰青三年吏隱無嗟嘆百里封疆似畫屏

送查校書從事彭門

佐幕徐方鬢未秋官升芸閣更風流姓名舊在鶯遷牓詩什重題鷲子樓漸有俸錢供藥債應無歸夢到漁舟公餘

時上臺頭寺珠履金貂共勝遊（曹侍中為徐帥）

送史館趙寺丞出宰咸陽

縣連秦漢舊離宮分付詩人勝武功帶職遠辭書殿去攜家深入畫圖中庭莎曉潤終南雨檻竹寒搖渭水風百里封疆三館客折腰休歎似陶公

送田舍人出牧（一作守）淮陽

藥樹吟多且握蘭藹然公議（譽）滿朝端西垣罷直蒼苔冷南郡行春綠野寬犕旆出過應曜（璉）墓棠陰潛上伏犧壇鄉心休夢峨眉雪會顧青蒲憶史丹

送羅著作奉使湖湘

使星躔次入長沙曉別延英去路賒數刻漏中承密旨幾

重湖外奉皇華山行馬拂拂湘川石寺宿僧供岳麓茶廻日
期君直西掖當指紅藥正開花

送夏侯正言奉使江南

百舌關關麥壠青遠山迎馬翠如屏禁中已誦相如賦江
外猶看使者星衣拂茶烟尋水寺棹歌梅雨泊沙汀歸期
莫過中秋節侍宴甘泉月滿庭

送館中王正言使交趾

乘軺南下興何長太平江山是故鄉蠻府好迎天上使朝
賢不為槖中裝犀角出水挨銅柱颶母扶空卻海檣復命
丹墀莫經歲北門西掖待翺翔

七夕應制

斜漢橫空瑞氣浮橋邊烏鵲待牽牛長生殿吟時無事乞巧樓多歲有秋菡萏晩花清露濕嬋娟新月暮烟收華封禱祝華胥夢誰道神仙不可求

送柴（宋紫作）郎中使高麗

初過清明野色繁柳花榆莢撲軺軒中臺應宿郎官貴外國占星使者尊海水無波分島嶼扶桑見日認藩垣東夷休請蕭夫子好把（看）詩書問狀元

送羅著作兩浙按獄（著作嘗宰蘇州吳縣）

使印星車適舊遊陶潛今日在瀛洲科條盡曉三千罪囹圄應空十二州倩綬有香籠驛馬皇華無暇狎沙鷗歸來重過姑蘇郡莫忘題名向虎邱

賀温正言賜紫

客疏封来乙夜看延英召對議安邊榮頒紫綬同三品舊賜朱衣未一年白獸捧樽斟御酒金魚垂鬣惹爐烟從今便有公卿望休夢天台瀑布泉

送光禄王寺丞通判徐方

通倅徐方⿰衤青綬新老莱衣服暫離身家君蓮幕開廳事少儀丈人頃年載筆徐方訪聞今通判廳即翩翩廨宇也父子繼處士人榮之府帥金貂耀搢紳戲馬臺荒春寂寞斬蛇鄉古樹輪囷公餘應長吟滋味好寄西垣寓直人

謝同年黃法曹送道服

鮑貽貽我羽人衣下直何妨盡日披老去自堪將野鶴客

來休更佩金龜官供謾説青綾被漢尚書郎更直建禮門給青綾被今西掖之任私便全勝白接離未脫朝簪戀明主耿懷空作謝君詩

送馮學士入蜀

錦川宜共少年期四十風情去未遲蠶市夜歌歌枕處峨嵋春雪倚樓時休誇上直吟紅藥多羨乗軺聽子規莫學當年杜工部因循不賦海棠詩

賀將作孔監致仕

泣辭明主挂冠簪便約幽雲老舊林朝請罷來頻典芻田園歸去只攜琴焚香靜院當山色煕藥空庭避竹陰一子得官三品祿未饒疏傅有黄金

和陳州田舍人留别五首

宛卭分理藉賢明暫輟詞臣撫百城職罷掖垣人共惜郡
通京輔自為榮休吟紅藥堦前色且聽長淮枕上聲駐馬
都門相別處柳黃莎碧上林鶯
東風初暖酒難銷五馬行春罷趍朝道畔棠陰同召伯堦
前蓂莢別唐堯下車正是嘗新節得句何妨寄舊寮預想
郡齋公宴處桃花凝露柳垂條
演綸多暇每封章暫去須條道更光郡吏好排紅粉妓使
君曾是紫薇郎樓臺有月新詩出囹圄無人綠草長地接
清淮足佳致水村烟鳰似漁鄉
淮揚冰綻柳條新風物暄妍土俗淳捧詔暫辭雙闕路勸
農深入四郊春茶烟靜拂聽琴鶴穀雨輕籠鋤麥人贏得

褰帷恣吟與落花飛絮滿車茵
須條京輔近吾君政術高柔召信臣道服日斜披鶴氅藥
畦春暖步龍鱗歸朝(期)莫指三年調化俗應蘇一郡人願作
淮陽去思頌與君刊石慰陳民

送嵆直溫學士西京遷葬

錦衣西去道何光卜葬伊川舊釣鄉留守開筵親舉白故
人垂淚看焚黃重尋泉石應多感旋插松楸未着行一月
歸程(抄本期)如有暇雲間時到讀書房

寄田舍人

出處昇沉不足悲羨君操履是男兒左遷郡印辭綸閣直
諫書囊在殿(一作環)帷未有僉諧徵賈誼可無章疏雪微之朝行

抄本期

孤立知音少閑步蒼苔一淚垂

送趙令公西京留守

勳業與誰同蕭何第一功兩朝行直道萬國變淳風微恙妨三接辭榮動四聰白麻宣上閤清洛守離宮讓表迴宸翰朝辭泣舜瞳對深移五刻官重帶三公鳳浴荀池暖龍蟠洛邑雄位尊非借寇神爽近維嵩導騎香塵細肩輿曉霧籠下車聽鳩語開宴牡丹紅温樹深嚴夢甘棠蔽芾叢趍庭採蘭子投刺茹芝翁廣化如靈鷲天津似綵虹先皇陵樹老白傅影堂空春餞思山蕨秋屏畫水葓御泉通廨宇禁柳映簾櫳元老優游盛明君眷注隆更須歸相府特地代天工永佐千年運重頒九錫弓不同崔四入正在亂

離中

送同年劉司諫通判西都

元老劉司卧雒陽諫官通理輟鴛行仲宣舊佐紅蓮幕裴度新開綠野堂幾處古碑停馬讀到時春筍約僧嘗香山居士真容在為我公餘奠一觴

賀范舍人再入西掖

再入承明舊直廬腰間仍得佩金魚（舍人前在綸閣猶是朱紱）重批漢武求賢詔曾上東方自薦書（舍人早歲自諫垣上書自比東方朔遂入閣下）紅藥篇章應感動紫泥封檢未生疎樊川杜曲休勞夢日日延英侍玉除（舍人前自綸閣出知永興故有樊川杜曲之句）

閣下詠懷

正向承明戀直廬年来華髮已侵梳予年三十八始見白髮官清自比乘軒鶴心小還同畏網魚西掖永懷王閣老故兵部王侍郎舊入西掖三十餘年屬纊之際方有貳卿之命北門堪歎扈尚書故承旨扈公在兩制三十年不能引退以至老病不任宿直始有正卿之命會當辭禄東陵去數畝瓜田一柄鋤

閣下暮春

詔書稀少日何長閑枕通中睡一場院吏報来丞相出紫微花影上東廊

舍人院竹

封了詞頭遶砌行此君相伴最多情西垣不宿還堪恨辜負夜牕風雨聲

省中苦雨二首

霏霏連晝復連宵紅藥蒼苔也寂寥唯有御溝堤畔柳拂簷遮檻不勝嬌

醉魂吟魄共悽悽簷溜䆫風冷切肌堦下怒蛙休跳躍浮雲遮日不多時

宋王黄州小畜集卷第七　校

吾研齋補鈔本校

宋王黄州小畜集卷第八目録

律詩

□□□□□初出京過瓊林苑 已下謫商州作

中牟縣旅舍喜同年高紳著作見訪 是時紳將命集津平羅不期而會至鄭郊方分首

鄭州與張秉監察聯句 時秉知州來訪逆旅與紳同飲因成一絕高作小序不載於此

滎陽懷古

過鴻溝

旅次新安

硤石縣旅舍

連前目録

宋王黄州小畜集卷第八

律詩

□□□□初出京過瓊林苑 已下謫商州作

忽憶今春暮宮花照苑墻瓊林侍游宴金口獨褒揚立向勾陳内宣來帝座傍丁寧問年紀委曲敘行藏屏息聞天語酡顔醉御觴近臣多健羡睿眷豈尋常 已上並欽淳化二年三月中實事 盛事誰能及非才自不遑厚恩難負荷薄命果譸張得罪麋山郡攜家出帝鄉何時重到此駐馬淚浪浪

中年縣旅舍喜同年高紳著作見訪 是時紳將命集律平糶不期而會至郟郊分首

古縣日初沉軺車忽見尋不將遷客累方認故人心無酒

銷寒漏挑燈聽遠砧陝郊千里路並轡未妨吟

鄭州與張秉監察聯句時秉知州来訪逆旅與紳同飲因成一絕高作小序不載于此

函關秋霽雁初迴六里商於曉色開秉四皓有靈應笑我謫官方始入山來禹偁

滎陽懷古

紀信生降為沛公草荒孤壘想英風漢家青史緣何事却道蕭何第一功

過鴻溝

俟公緩頰太公歸項籍何曾會戰機只見鴻溝分兩界不知垓下有重圍危橋帶雨無人過敗葉隨風傍馬飛平日

垂鞭念前事露莎霜樹映斜暉

旅次新安

遷客乍離群秋砧不忍聞廻頭戀紅藥失脚下青雲尚假金貂晃猶殘柱國勳此身未敢死會擬報明君

硤石縣旅舍

霜乾紅葉飛遷客思凄凄遞險人垂瘦登山馬跙蹄籬荒蕘韻苦雲凍雁行低此夕應無寐何煩報曉雞

稠桑坡車覆

稠桑坡險忽摧車悔戴儒冠出弊廬已被文章相錯誤謫官猶載一車書

閿鄉旅夜

行盡兩京路將登六里山全家空灑淚知是幾時還

初入山聞提壺鳥時秋暖山鳥忽聞

遷客由來長合醉不煩幽鳥道提壺商州未暑無人境一路山村有酒沽

聽泉

平生詩句多山水謫宦誰知是勝遊南下閿鄉三百里泉聲相送到商州

初到商州館於妙高禪院佛屋壁上見草聖數行讀之乃數年前應制所作皇帝試貢士歌詞思追前事感而成章

應制歌詩篇對玉除是誰傳寫到商於昔從蓂莢階前作今

向蓮花座畔書商嶺未敢隨綺季漢庭曾忝用相如山僧莫怪頻垂淚乍別承明舊直廬

謫居感事 一百六十韻

還謫獨熙熙襟懷自坦夷孤寒明主信清直上天知消息還依道生涯只在詩唯當諭山木水詎敢咏江蘺偶歎勞生事因思志學時讀書方睹奧下筆便搜奇賦格欺鸚鵡儒冠薄鵕鸃耕桑都不事園井未曾窺必欲縑緗富寧教杼軸紕光陰常矻矻交友盡偲偲步驟依班馬根源法孔姬收螢秋不倦刻鵠夜忘疲流輩多相許時賢亦見推叨榮偕計吏盥吹謁春司僕瘦途中病驢寒雪裏騎空拳入場屋拭目看京師技癢初調箭鋒銛欲試錐甲科登漢制太平

興國五年予首中甲科內殿識堯眉數刻愁晡矣三題亦勉之先鳴
輸俊彥上第遂參差罷舉身何託還家命自奇唯懃親倚
户敢望嫂停炊竭力求甘旨終朝走路岐貪希仲由米多
廢董生帷丹桂何時折孤蓬逐吹移知憐無國士志氣自
男兒季子貂裘弊狂生刺字隳廣場重考覆蹇步載馳驅
明代寧甘退青雲暗有期禮闈冠多士八年予忝春官首薦御試拜
丹墀澤霧寧懃豹搏風肯伏雌重瞳念孤跡一第忝鴻私
得告還鄉貴除官佐邑卑折腰稱小吏矩步慎初資予解褐得
主簿枳棘心何恨松筠操自持及親家有養事長禮無虧銅
墨官常改煙霄雨露垂縣花聊主管寺棘且羈縻予九年授大理
評事知蘇州長洲縣吳郡包山側長洲巨海湄萬家呼父母民間多呼縣令

為父母官百里撫惸嫠敢起徒勞歎長憂竊祿嗤宦途甘碌碌官業亦孜孜政事還多暇優游甚不羈村尋魯望宅寺認館娃基甫里有陸魯望宅靈巖寺館娃故宮西子留香逕吳王有劍池採香逕在靈巖寺劍池在虎邱寺狂歌殊不厭酒興最相宜草織登山屐蒲紉平聲挽舫綬果酸嘗橄欖花好插薔薇震澤柑包火松江鱠縷絲三年無異政一篋有新詞多戀南園卧蘇州南園最為勝景俄從北闕追雍熙四年予奉徵召赴闕呈材真樸樕召對立茅茨載筆居三館登朝忝拾遺紫泥天上降朱紱御前披侍從殊為貴圖書頗自怡史才媿班固諫筆謝辛毗擬把微軀殺慙將厚祿尸安邊上章疏端拱三年詔百官各言邊事因上封章極言為上容納端拱獻箴規予初拜拾遺即上端拱箴頗有諷諭精鑒逢英主知憐是首夔予論追事特為

趙許公所器賡歌才不稱掌誥筆難攡（是歲蒙上召予殿上作歌遂有西掖之拜）制歷多無事（閣下有制歷當直舍人如無除目署名而出）詞頭每怯遲繁陰温室樹清吹萬年枝青瑣霞光透蒼苔露片萎御香飄硯席宮葉落纓緌看浴池心鳳閣捫殿角螭上林花掩映仙掌露淋漓對近瞻旒冕班清辟虎貔宮籞垂翡翠御水動漣漪紀號年淳化朝元月建寅（移）攝官捧寶冊（淳化元年立正伏別上尊號予攝中書侍郎捧玉冊玉寶）祝壽執樽彝表案行柢折（時予又押諸方表案）宮懸聽肅祇德音王澤潤（是月德音降）謙柄斗杓攜（時上省尊號）貴接皐夔步深窺龍鳳姿策勳何烜赫賜紱更萎蕤（是歲加柱國謝日面賜金紫）蚊力山難負鵷梁翼爲滋論功慙八柱受服欲三褫（音遲）秪慮殃將至曾無事可裨趍朝空俯傴退食自逶迤更直當

憶張儀懶讀三閭傳空尋四皓祠畬煙濃似瘴松雪白如梨壞舍床鋪月寒窓硯結澌振書衫作拂解帶竹為㮐呼僕泥茶竈從僧借藥餙鐘愁上寺起角怨水門吹（上寺在州北子城有水門）舊友誰青眼新秋出白鬚（予到商州始有白鬚）煙嵐晴鬱鬱風雨夜颾颾我過徒三省吾生自百罹初來聞旅鴈不覺見黃鸝市井攜山菜房廊葢木皮（商州民多以木皮苫屋）野花紅爛熳山草碧襹褷副使官貲冷商州酒味醨尾因求食掉角為觸藩羸有夢思紅藥無心採紫芝瘦妻容慘慼稚子淚漣洏暖怯虵穿壁昏憂虎入籬松根燃夜燭山蕨助朝饑豈獨堂虧養還憂地乏醫跡飄萍渤澥親老日崦嵫閣下辭巢鳳山中伴野麋風欺秃林木雲隔向陽葵屈産遺駑馬

丹山囷嚇鴟悔須分黑白本合混妍媸自此韜餘刃終當
學鈍鎚窮通皆有數得喪又奚悲自顧才何者空憐道在
茲宣尼猶削伐大禹亦胼胝用去當如虎投來且禦魑避
鳳卿戢翼得水會揚鬐琴酒圖三樂詩章効四雖（白公有四雖詩）
魚須從典賣貂尾任傾欹兀兀拖腸鼠悠悠曳尾龜北窓
尋蛺蝶南岸看鸕鷀（州之南丹河多水鳥）山翠樓頻上雲生杖獨措
簟閑留曉魄簷暖負冬曦松栢寒仍翠瓊瑤涅不緇豈誰
分曲直秖自仰神祇吾道寧窮矣斯文未已而狂吟何所
益孤憤洩黃陂

弊帷詩（到商州數日馬死）

謫宦那堪歎弊帷承明寓直數年騎滿堦紅藥曾嘶處六

里青山忽甃時駿骨欲埋金價直的顱猶愛雪離披貳車謾道貂冠貴從此徒行奉一麾

和馮中允仙娥峯

熊耳如當出檻熊仙姿孤秀壓諸峯採芝逋客憐真質化石佳人姤麗容身上霓衣慵整頓天邊華蓋會裁縫常娥月裏休相笑萬古應無竊藥蹤

龍鳳茶

樣標龍鳳號題新賜得還因作近臣烹處豈期商嶺水碾時空想建溪春香於九畹芳蘭氣圓似三秋皓月輪愛惜不嘗唯恐盡除將供養白頭親

元日作

獻歲在商州依然想舊遊前年捧玉冊此日對珠旒御酒堯樽畔仙韶舜殿頭自慙非賈傅宣室詎重求

急就章

賜來三載錦囊盛今日重看倍覺榮元白當時皆謫宦不聞將得御書行

御書錢

謫官無俸突無煙惟擁琴書盡日眠還有一般勝趙壹囊中猶（有）貯御書錢

上元夜作

去年正月十五夜乾元門上奉乘輿今年正月十五夜商洛郡中為貳車謫宦門欄偏冷落山城燈火苦蕭疎爐灰

畫盡不成寐賴有逍遥一帙書

仙娥峰

窈窕奇峰疊古苔望秦巘外勢徘徊巨靈非迓休期刻毛女為鄰合往來傅粉徵茫春雪在墮鬟浮動曉雲開好邀上雒王常侍時就巘前飲一杯

遊仙娥峰後戲題

為愛一峰形窈窕豈辭十里路崎嶇誰知不似陽臺女別後經宵夢也無

上寺留題 在商州北山上

松杉影瘦蔟山根樓殿參差對郭門不惜馬蹄來北寺為憐熊耳在西軒雲生石砌搖寒影泉汲銅缾露涷痕還客

頻來何所得一叢修竹拂吟魂

對雪感懷呈翟使君馮中允同年

歲暮山城雪民和歲有秋深聞五袴詠聊減貳車愁凌亂藏溪寺霏微灑郡樓凍宜粘酒旆香好試茶甌逐吹殊無定連宵勢未休仙娥低粉面仙娥峰在商州西熊耳壓峰頭熊耳山亦在州之西樹老花重發川長縞不收平沉採芝洞深鏁避賢鄆陽城驛在商山元稹詩中改為避賢鄆麋鹿全迷逕鷹鸇不下韝夜村埋古屋夜村在州東一村數百家皆姓夜羅隱有夜村詩丹水咽寒流上洛城中客梁園日下州前年直綸閣臘月奉宸遊六出寒光亂重瞳喜氣浮催班臨秘殿稱賀拱凝旒漠漠籠天仗輕輕落御溝瑤池同皎潔珠箔助飂飀民有豐年望君無旰食憂佩垂

延喜玉服曜吉光裘鷄樹令開宴鴛行許命儔千鍾方瀲
灔三爵未沾油舉白朱顏凝飛文彩筆抽傳宣須盡醉御
札遣寘搜晚出蒼龍闕驕馳紫鸞騮自慙生草澤人指在
蓬邱薄命誠非據清途不久留左遷來僻郡對景憶瀛洲
謫宦誰還往貧家自獻酬敢言無俸祿且喜潤田疇鳳閣
名雖黜貂冠命亦優山中甘散秩膝下奉晨羞默默惟思
過陶陶亦自由搖頭詠詩什合眼入衾裯秖恨方鑿枘何
嘗曲似鉤詎能悲鵩鳥早合畏犧牛玉冷期三爇蘭香任
一猶夢中非蛺蝶世上本蜉蝣禍福如亡馬機關喩狎鷗
甘貧慕原憲齊物學莊周尚賴遷鶯侶旁依建隼侯願隨
商洛叟擊壤頌皇猷

遊四皓廟

脩篁瑟瑟石磷磷去謁荒祠不厭頻四皓古來無事客貳車今世最閑人紫芝欲採非仙骨紅藥曾題是近臣一奠村醪還獨酌滿軒松雪照吟身

商山十二韻

六百里巉巖嵐光霽後添經年吟未得予到商州已經年方有此詩盡日看無厭僧舍清當檻人家翠滿簷氣蒸丹水碧丹水出商山入漢脉潤紫芝甜頰礙翻雲鶻商山鶻嶺最高峰遮落海蟾濶深春有凍影濶夏無炎勢鬬嵩并華名欺霍與灊石危蹲虎脚松老咤龍髯曉榻便欹枕晴樓懶下簾未能棲岫幌猶道佐彤襜望久衣襟濕登多屐齒黏何當隨四皓深隱避猜

嫌

丹水十二韻

琵琶復潺潺朝宗去不還和雲歸漢浦歕雪下商山影浸仙娥面波涵織女鬟仙娥峯織女峯並丹水邊飲猿清滿掬渡鹿冷侵班北潤深通洛洛源在丹水之北東犇嶮叩關武關灌園縈似帶漕磑曲如環商山民引丹水灌園及作水磑夜枕驚幽夢秋汀照病顏玉膏分地脉銀漢落人寰漱石藏青鯉崩沙聚白鷗村橋徼雨後崖樹夕陽間翠漲新萍綠紅浮敗蘂殷貳車時濯足來伴釣翁閑

歲暮感懷貽馮同年中允三首

謫官商於郡閑門車馬稀塵侵書命筆香散入朝衣燒盡

峰巒出霜晴木葉飛夜來天欲雪寒夢不成歸

歲暮客商山謫居多晝眠夢迴紅藥樹身落紫微天不得親公事如何望俸錢荒城共誰語除却訪同年

謫居京信斷歲暮更淒涼郡僻青山合官閑白日長燒烟侵寺舍林雪照街坊為有遷鶯侶詩情不敢忘

畬田詞 有序

上雒郡南六百里屬邑有豐陽上津皆深山窮谷不通輙迹其民刀耕火種大底先斫山田雖懸崖絕嶺樹木盡仆俟其乾且燥乃行火焉火尚熾即以種播之然後釀黍稷烹雞豚先約曰某家某日有事於畬田雖數百里如期而集鋤斧隨焉至則行酒啗炙皷譟而作蓋斵

而掩其土也掩畢則生不復耘矣援桴者有勉勵督課之語若歌詞曲然且其俗更互力田人人自勉僕愛其有義作畬田詞五首以侑其氣亦欲採詩官聞之傳於執政者苟擇良二千石暨賢百里使化天下之民如斯民之義庶乎污萊盡闢矣其詞俚欲山甿之易曉也

大家齊力斸孱顏耳聽田歌詞手莫閑各願種成千百索山田不知畝畝但以百尺繩量之曰某家今年種得若干索豆萁禾穗滿青山

殺盡雞豚喚斸畬由來遞互作生涯莫言火種無多利木樹明年似亂麻種穀之明年自然生木山民獲濟

鼓聲獵獵酒醺醺斫上高山入亂雲自種自收還自足不知堯舜是吾君

壯山種了種南山相助力耕豈有偏願得人間皆似我也應四海少荒田

畬田鼓笛樂熙熙空有歌聲未有詞從此商於爲故事滿山皆唱舍人詩

雪後登靈果寺閣

雪引詩情不敢慵來登高閣犯晨鐘山僧莫怪多時望玉立南山萬萬峰

獨遊南靜川

高車嶺上無人見南靜川中信馬行多謝仙娥相管顧遠擊松雪助詩情

賀畢翰林新入

闈步花甎喜復悲所悲君較十年遲銀臺曉入批丹詔銅鏡秋開鏁白髭宮錦細袍宣與着內閑驕馬賜來騎家門記得咸通事莫忘論兵夜召時咸通中畢相在翰林時懿宗將復河湟夜召論邊事數陳方畧甚稱旨上曰吾方謀帥不意頗牧在吾禁苑遂有登壇之命

賀三舍人新入西掖 呂祐之 王旦 錢若水

紫微新命舊交遊報到商於寂寞州天上共分三字貴山中全減貳車愁拋離紅藥心無恨彈拂金貂舞不休最喜吾宗有餘慶鳳毛還直鳳池頭第五廳王舍人故兵部闇老之子

送舍弟赴舉因寄兩制諸大僚

堂上尊親鶴髮垂十年祿仕不相離何期膝下承顏日却是山中謫宦時未有重茵如子路空披綵服學嬰兒全家

送爾隨鄉薦試向朝端獻此詩

商山海棠

錦里名雖盛商山艷更繁別疑天與態不稱土生根淺着紅蘭染深黍絳雪噴待開先釀酒怕落預呼魂香（春）裏無勍敵花中是至尊桂須辭月窟桃合避仙源浮動冠頻側霓裳袖忽翻望夫（人）臨水石窺客出墻垣贈別難饒柳忘憂肯讓萱輕輕飛燕舞脉脉息嬀言蕙陋虛侵逕梨凡浪占園論心留蝶宿低面壓（厭）鶯喧不忝神仙品好事者作花品以此為神仙何辜造化恩自期栽御苑誰使擲山村綺季荒祠畔仙娥古洞門煙愁思舊夢雨泣怨新婚晝恐明妃恨移同卓氏奔秖教三月見不得四時存繡被堆籠勢燕脂浥淚痕貳車

春未去應得伴芳罇

翰林畢學士寄示醫癭藥方因題四韻兼簡兩制

諸知

頸憂囊癭病龍鍾乞得仙方必有功縱免項如樗里子也應頭似夏黃公西暉亭下峰巒碧亭在州之西十里對羣峯每日落時有如亭午南靜川中木葉紅川在州之南二三里平如掌居人百餘家秋來一川紅葉又有小桃細竹夾水而生春間此景不惡矣盡是貳車堪醉處春來唯恐酒罇空

內翰畢學士士安外制柴舍人成務故兵部閣老王公祐之門生又與第五廳舍人旦同在兩制追思餘慶因賦短章寄二三君子

掌貢司言耀聖朝宦途屯否數難逃雄文自貯胸中甲直

氣誰防笑裏刀黃閣不登名甚屈紫垣終老道彌高君看身後榮多少兩制門生伴鳳毛

賀柴舍人新入西掖成務

早折蟾宮第一枝綸闈恩命苦何遲久為俗吏殊無味合掌王言亦有時好繼忠州文最盛應嫌長慶格猶卑舍人嘗與予評前賢詔誥以為陸相首出若奉天罪己詔元白之徒可坐在廡下他年莫忘中吳宰六里山前歌紫芝早歲予為長洲宰舍人以殿院知蘇州

歲除日同年馮中允攜觴見訪因而沉醉病酒三日醒而偶贈

除夜渾疑便白頭攜壺相勸醉方休敢辭桃上三朝卧且免燈前一夕愁薄命我甘離鳳閣多才君亦滯龍樓相逢

未盡杯中物何以支當寂寞州

得昭文李學士書報以二絶 来書云看書除莊老外樂天詩最宜枕籍

謫居不敢詠江蘺日永門閑何所為多謝昭文李學士勸教枕籍樂天詩

左宦寂寥惟上洛窮愁依約似長沙樂天詩什雖堪讀奈有春深遷客家

南靜川野桃花下獨酌因簡同年馮中允

野桃無主滿山隈遷客攜觴獨自來盡日馨香留我醉每春顏色為誰開枝穿綠竹渾疑如畫片落丹河去不廻待約同年一攀折便如劉阮到天台

放言

誰信人間是與非進須行道退忘機卦逢大壯羝羊困鄉入無何蛺蝶飛澤畔衣裳蘭作佩山中生計竹為扉饑腸已共夷齊約一曲高歌去採薇

寄獻僕射相公二首

三朝文匠百僚師再秉洪鈞七政齊一道白麻來玉署兩條紅燭上沙堤（故事宰臣雙燭餘官一而已）池波尚浴當時鳳省樹猶存舊日雞鑪冶正開無弃物應憐折劍在塵泥

聖君宵旰念生民重命甘盤秉國鈞引馬但傳三刻漏（近制午後三刻宰相出）喘牛休問四時春羹和舊鼎黃金鉉雪壓新堤白玉塵（相公再入後京師屢降時雨）應念前年獻詩客謫官無俸不勝貧（相公前年罷時予獻詩二首其卒章云却恐優游未終歲台星依舊照黃扉）

天下共知三字貴見後
知制誥是復三字見宋高
四筆第二卷待制知制誥
條六〇三筆第十二卷云
國朝翰林學士中書舍人
為兩制官未至者則云知
制誥故稱美之爲三字

事難緘默平居疾喔咿無權逐鳥雀俛首任狐狸廷尉專刑殺以制誥舍人兼大理寺事詞臣益等哀五花儀久廢故事舍人五花判事今則廢之久矣三尺法聊施書命猶無諂予在閣下草詞多不虛飾於此亦為人所怨評刑肯有欺厚誣凌近侍內亂疾妖尼妖尼道安誣告徐騎省丹筆當無赦金科了不疑拜章期悟主引法更防誰萋斐終無已雷霆遂赫斯如弦傷訐直投杼覓瑕疵衆鑠金須化羣排柱不支佞權迴北斗讒舌簸南箕闞下羊腸險朝端虎尾危道孤貽衆怒責薄賴宸慈西掖除三字南山佐一麾蒼黃塵滿面揮灑涕交頤目斷九重闕魂銷八達逵尊親遠扶侍兄弟盡流離秦嶺偏巉絕商於更險巇吾廬何處是我馬忽長辭六里山蒼翠丹河浪渺彌分封思衛鞅割地

寄馮舍人 起

轉輸爭合滯才華急詔重乘上漢查舍人自西川轉運入閣下繼我已吟紅藥樹勸君曾賦海棠花前年舍人赴西川轉運予有詩送云莫學當初杜工部因循不賦海棠詩詞隨健筆光綸誥詩落成都燦綺霞應笑同時東觀客商於憔悴似長沙予與舍人早忝同年直史館

迴襄陽周奉禮同年因題紙尾

武關西畔路巉巖兩月勞君寄兩緘鏡裏想添新白髮篋中猶貯舊青衫扶頭酒好無辭醉縮項魚多且放饞譬似元和張太祝十年不改舊官銜

清明日獨酌

一郡官閑唯副使一年冷節是清明春來春去何時盡閑

恨閑愁觸處生㳫鶯黃鸝誇舌健柳花榆莢鬬身輕脫衣換得商山酒笑把離騷獨自傾

寒食

今年寒食在商山山裏風光亦可憐稚子就花拈蛺蝶人家依樹繫鞦韆郊原曉綠初經雨巷陌春陰乍禁煙副使官閑莫惆悵酒錢猶有撰碑錢

春日登樓

紅桃飛盡綠楊深獨倚危樓半日吟六里山川多逐客近代朝士左遷多在此郡貳車官職是籠禽蓬露殘雪經秋鬢葵隔浮雲向日心身世榮衰不能算且傾村酒沃愁襟

山僧雨中送牡丹

數枝香帶雨霏霏雨裏攜來叩竹扉擬戴却休成悵望御園曾插滿頭歸

春居雜興二首

兩株桃杏映籬斜粧點商山副使家何事春風容不得和鶯吹折數枝花

春雲如獸復如禽日照風吹淺又深誰道無心便容與亦同翻覆小人心

登郡南樓望山感而有作

西接藍田東武關有唐名郡數商顏二千石盡非吾道一百年來負此山自唐末至今百餘年無文臣為刺史者重疊曉嵐新雨後參差春雪夕陽間唯供遷客風騷興醉望吟看不暫閑

讀史記列傳

西山薇蕨蜀山銅可見夷齊與鄧通佞倖聖賢俱餓死若無史筆等頭空

睡十二韻

此境一何醇熙熙別得春有聲皆俗格無夢是天真壁上登山屐床頭漉酒巾輕輕龜喘息苒苒蝶精神滯寂通禪理無何等道人曲肱高勝枕藉草軟如茵吟苦魂初瞑杯酣味更珍覺知生是幻靜與死為鄰酷恨巢簷燕生憎款戶賓功成歸展轉先兆自嚬呻不入榮名客還宜放逐臣東窓一丈日且作自由身

送秦供奉自商州使鄂渚供奉本江左人

攜家晝錦行山驛接江城使是皇華貴人還故國榮離筵
青杏小别夜子規鳴鸚鵡洲邊宿無忘吊禰衡

聞進士孫何及第因寄

昨朝邸吏報商山聞道孫生得狀元為賀聖朝文物盛喜
忝初入紫微垣

哭同年羅著作名處約字思純二首

宿草離披淚滿衫孤墳遥望帝城南思純權厝東京薰風門外天生賈
誼成何事秪得人間三十三
一枝丹桂謾成名一片緋衫未是榮賴有遺文在東觀直
應千載氣如生著作殁後有文集十卷翰林蘇舍人表進詔付史館號東觀集
荒凉故宅何人住寂寞孀妻即日還一歲嬰兒安健否巨

源雖在謫深山

西暉亭 仙娥峯下大中年剌史崔黯所造

孤亭疊嶂東宛是古屏風每到天將暮渾疑日再中餘霞猶散綺新月已張弓一水猗漣媚千巖年木葉紅 丹水在珴亭前 筳何烜赫火宅忽牢籠隙晃歸巢燕簷拖截澗虹果迷丹橘熟洞訝赤城通 南有仙娥洞 似燒連松塢如斑染竹叢近邀青瑣客來伴紫芝翁望久情無倦吟多興未窮陽烏看黯黯歸馬恨忽忽會待長棲隱青冥逐去鴻

謫居

親老復嬰孩吾生自可哀無田得歸去有俸是嗟來直道雖已矣壯心猶在哉端居寡儔侶懷抱向誰開

道服

楮符布褐皂紗巾曾忝西垣寓直人此際暫披因假日如今長着見閑身濯纓未識三江水漉酒空經六里春不為行香着朝服貳車誰信舊詞臣

寄題洛南秦供奉新樓

多羨新樓上公餘寫望閑數峰迷華岳一面是商山碁暗幽雲過簷喧宿鳥還萬重蒼翠裏百尺泬寥間嵐破分樵逕沙明認釣灣望秦晴矗矗清洛夜濺濺平遠長安道微茫函谷關吟哦生古意圖畫寄朝班何日隨髙步乘秋豁病顏銷憂吾祖事會待共躋攀

獨酌自吟拙詩次吏報轉運使到郡戲而有作

日高睡足更何為數首新篇酒一巵郡吏謾勞相告報轉輸應不管吟詩

春遊南靜川

南過高車嶺一云膏車嶺膏音告川源似掌平峰巒開盡障畝畝列棋枰帝女柔桑綠王孫野草生提壺催我醉戴勝勸人耕商嶺堪攜妓丹河好濯纓葢圓松影密鞭亂竹根獰欵欵畬田氣礴礴水碓聲野桃誰是主山鳥不知名欲舞寧無蝶思歌亦有鶯官閑春日永擔酒此中行

寒王黃州小畜集卷第八 校

吾研齋補鈔本校

宋王黃州小畜集卷第九目錄

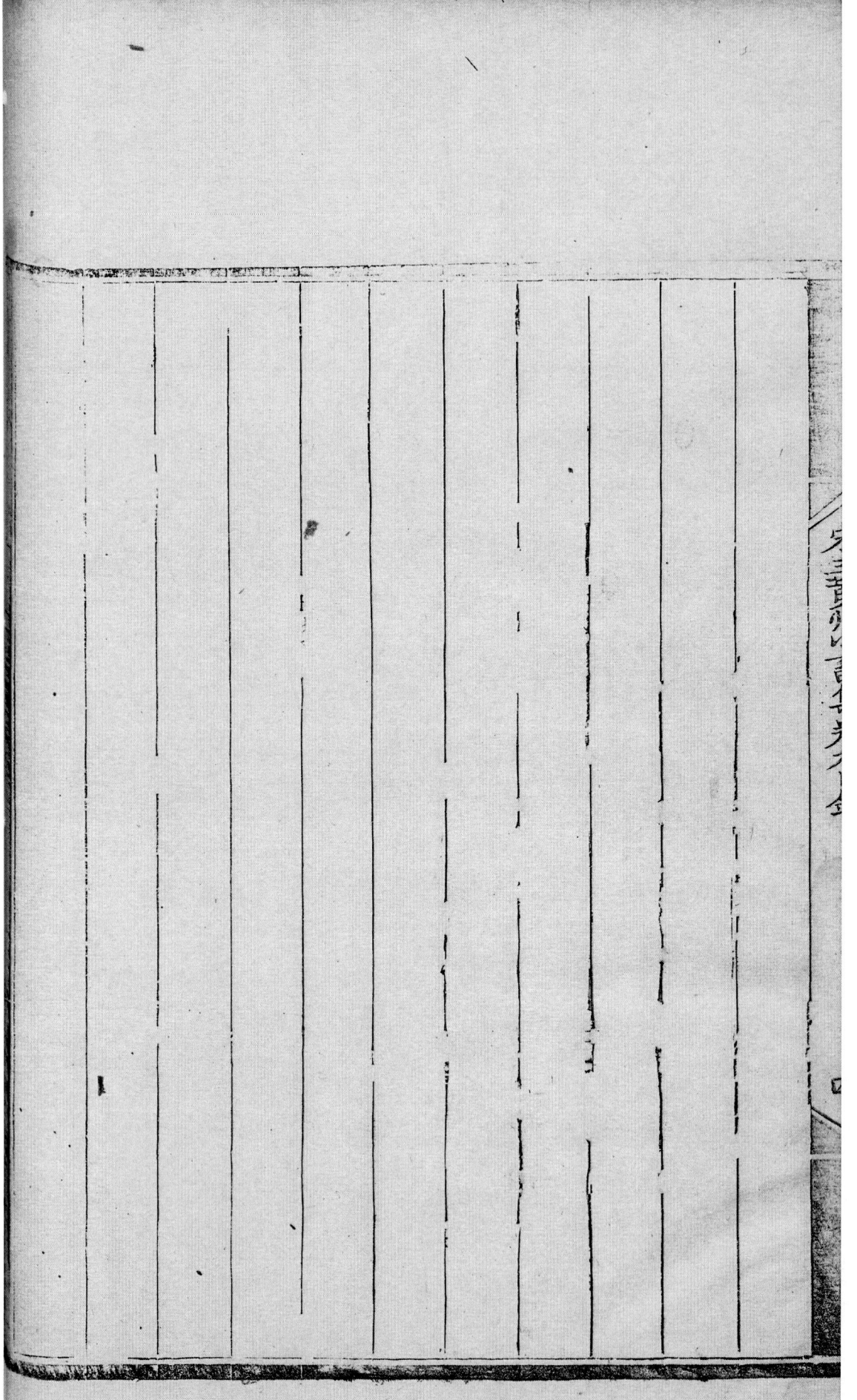

連前目錄

宋王黄州小畜集卷第九

律詩

□□□□南郊大禮詩十首

聖君重卜祀南郊仗擁黄麾間白旄仙吹冷翻蒼玉佩曉霞晴透絳紗袍天開兜率齋宫靜海湧蓬萊帳殿高遷客生還知有望商山不敢讀離騷

百僚冠劍互珊珊文物威蕤屬禮官清漏宿齋宣祖廟質明行事昊天壇旌旗漠漠帷宫曉星斗依依綵内寒腸斷商於左遷客圓邱無分得榮觀

嚴配郊邱展孝思質文參酌禮無違太羹味薄牲牷潔至樂聲和鳳鳥飛黄道月斜風細細紫壇天曉露霏霏可憐

此夜商山客畫盡爐灰淚滿衣
綵城殘月帶微霜版奏中嚴夜未央三獻欲終侵曙色百
神齊下散天香珠旒微亂塤箎韻柴燎輕籠劍珮光此夕
商山對何物猿啼鳥哭樹蒼蒼
嚴禋禮退一陽生抃賀懽呼動四溟聖壽久長南至日寶
圖高大北辰星九重城闕天將曙百萬人家户不扃知有
化功無弃物海波分納一浮萍
乾元門上赭袍光雉扇初開散御香郊祀一千年運祚赦
書三萬里封疆人間草木霑皇澤天上咸韶送壽觴惆悵
昔年曾侍從而今翻似鼠拖腸
六街旌旆軃彈虹蜺仙仗參差羽衛齊千步廊前班振鷺百

尋竿上揭金鷄獵牢冷落停丹筆郡國懽呼折紫泥鳳閣
舊臣期赦宥免教長似觸藩羝
千官雲擁御樓時朝服紛紛換禮衣萬里梯航歸大國一
聲雷雨破圜〔圓〕扉青蠅傳去人人喜丹鳳銜來處處飛收盡
洛南遷客淚全家潛望日邊歸
綵雲隨步下乾元雨露新恩洽普天四輔首迎丹鳳詔六
師齊散廩犧錢熙熙品物瞻堯日習習薰風動舜絃商洛
貳車當此際舊朝衣上淚潺湲
年來不見祀圓邱謫宦攜親歎白頭作賦有時悲鵩鳥殺
身無路學犧牛非才豈合居臺閣歸夢徒勞近冕旒千載
遭逢如未替此時〔身〕重見帝王州

太師中書令魏國公册贈尚書令追封真定王趙普挽歌十首

玄象中台拆皇家上相薨大功銘玉鉉密事在金縢無復同魚水空嗟失股肱若言豐沛舊陪葬近長陵

經緯千年業陶鎔萬物功藩垣龍節在禁掖鳳池空鹵簿蒙寒雨銘旌颺曉風太常草儀注全似葬周公

重位經三入高年過七旬有言皆為國無日不憂民温樹蕭蕭影甘棠漠漠春遥知神德廟配饗更何人

國喪三台首家藏五廟尊紀功誰秉筆册贈帝臨軒盛德留千古貞魂閉九原皇情彌軫悼天柱折崑崙

麟喪虛靈囿鳳衰空帝梧陶鎔存庶彙霖雨潤寰區舊疏

同伊訓遺章入禹謨九原何所恨猶未滅匈奴
空留遺像在凌烟誰繼堂堂命世賢將相位高三十載風
雲道合一千年霖收傅説巖前雨石隕媧皇補後天見説
吾君舉哀處重瞳揮灑淚潺湲
君恩雖聽罷居留官拜維師命更優異物忽隨黃石葬晚
年終負赤松遊憑誰借筯論歸馬無復停車問喘牛唯有
功名書信史肯同塵土一時休
曾拜四章辭相府又陳三表罷留司朝廷年德劉仁軌終
始功名郭子儀印鑠黃金塵暗澹堂閑綠野草離披吾君
若念先朝舊應似文貞御製碑
忍聽鼕鼕窆鼓聲笳簫嗚咽暮雲凝勳勞自合同蕭相謚

法還須比魏徵曉月暗垂丹旐露夜風輕觸繐帷燈三川父老知何限盡逐靈輀淚滿膺

元老令終歸葬日有司重奏輟朝時駢羅鹵簿三公禮告赴訃同盟五月期何處更求廊廟器是誰重作帝王師商山副使偏垂淚未報當年國士知

和仲咸詩六首 並用本韻

和與喻豐陽夜話 仲咸與喻令同江左人

澤國來朝積歲年商山相遇話鄉原郄詵重折月中桂 仲咸江南已及第入朝自左馮戶掾鑠廳又及第 陶令未歸江上村嵐氣滴空無限翠泉聲通夕有何寃寒燈挑盡芳鐏竭所得新奇盡雅言

和迴喻令詩集 喻令名蟾晁之裔孫

風雅荒涼信可悲家聲留得盡玄微且欣丹穴一毛在莫道沅江九肋稀思苦也知關國政官卑應為洩天機他時還客歸朝去擬覓瓊瑤滿袖歸

和自詠

玉經炎火竹經霜卻把剛腸變酒腸庾信悲哀休作賦接輿歌曲且佯狂更諳喪亂災為福（仲咸幼經江左離亂）蘊蓄才華有若亡孤宦由來宜晚達祝君霄漢路岐長

和與盧氏宋少府話舊遊

舊遊前政一追尋（仲咸十五年前任盧氏尉）宦路遷移敵古今黃綬位卑曾歎命青宮官冷不妨吟（仲咸今為中允）煙嵐不改當窗色桃李應垂滿砌陰好寄新詩題舊壁為言梅福珥朝簪

和題鳴馬廟 廟在豐陽古老傳云昔有人冠盖乘馬隱於此山鄉人祠而祀之至今時聞馬鳴其靈異具仲咸詩序云

何人祠廟立空山四皓精靈合往還疋馬不辭峰更險冥鴻應為世多艱雲生碧殿縈鵾尾風觸金鋪動獸環欲識姓名無問處空聞靈異庇商顏

和送道服與喻窜

朝客吟詩送羽衣應知彭澤久思歸三年官滿誰留得領鶴攜琴賦式微

寄海州副使田舍人

繫即匏瓜轉即蓬可憐蹤跡與君同眼前有酒長須醉身外除詩盡是空閑採紫芝饑可療欲浮滄海道應窮聲名

官職相磨折休憶西垣藥樹紅

恭聞种山人表謝急徵不違榮侍因成拙句仰紀

高風

未赴吾君鳳詔徵蒲輪何似板輿榮自期物外長無事誰覺人間已有名餌朮肯嘗鍾鼎味紉蘭應笑珮環聲洛南還客堪羞死猶望量移近帝城

再賦二章一以頌高人之風一以伸俗吏之意

表讓皇家買酒錢（上令京兆府賜山人酒錢讓而不受）醉鄉歸去便陶然吾君若問徵君意自有東皐種黍田

不應明時鵠板書可能終老傲唐虞神仙見說須陰德肯為蒼生一出無

五更睡

數載直承明寵深還若驚趍朝鷄喚起殘夢馬䭾行左宦離雙闕高眠盡五更如將閑比貴此味敵公卿

自詠

華髮不稱老高堂為有親寧同賈生恨自比老萊身官散且無過俸微猶助貧誰能學屈蠖拳跼苦求伸

遺興

百年身世片時間況是多愁鬢早斑貧有琴書聊自樂貴無功業未如閑陂平南浦堪垂釣日滿東窓尚掩關秖為慈親憶歸去商山不隱隱何山

夏雲

嵯峨高鏁夕陽紅斜入吟窓秀色濃六里青山長滿眼不勞雲片學奇峰

丹河閑步

誰愛潺湲到水濱春來唯有我來頻沙邊坐慣漁翁識岸上行多白鳥馴鬚髮照看添霰雪冠纓罹後少埃塵今秋更擬營蓑笠冒雨衝風把釣綸

新秋即事三首

露莎煙竹冷凄凄秋吹無端入客衣鑑裏鬢毛衰颯盡日邊京國信音稀風蟬歷歷和枝響雨燕差差掠地飛繫滯不如商頫葉解隨流水向東歸

宦途流落似長沙賴有詩情遣歲華吟弄淺波臨釣渚醉

披殘照入僧家石挨苦竹旁抽筍雨打戎葵卧放花安得君恩許歸去東陵閑種一園瓜

百歲浮生一夢中夢中何事有窮通姓名舊署黃麻紙顏狀今成白髮翁烟暝小窗螢火碧雨昏幽逕蓼花紅謫居始信為儒苦生計兼無一畝宮

秋居幽興三首

秋光雖寂澹幽興入詩家籬暗螿啼菊園荒蟻上茄圃碁知日影理髮見霜華向曉兒童喜溪僧遺晚瓜

園林經積雨晚步思悠哉宿鳥頭相並秋瓜頂自開藥田荒野蔓屐齒没蒼苔幽興將何遣樵琴貰酒材

謫居人事慵幽興與誰同僧到烹秋菌兒啼索草蟲掃苔

留嫩綠寫葉惜殘紅歲晏琴罇好籬邊有菊叢

前賦春居雜興詩二首間半歲不復省視因長男嘉祐讀杜工部集見語意頗有相類者咨於予且意予竊之也予喜而作詩聊以自賀

命屈由來道日新詩家權柄敵陶鈞任無功業調金鼎且有篇章到古人本與樂天為後進（予自謫居多看白公詩）敢期子美是前身從今莫厭閑官職主管風騷勝要津

翟使君挽歌三首

丹旐換紅旌蕭蕭五馬鳴今朝為旅櫬昨日是專城愛子方之蜀（時使君之子奉使入蜀）遺書未到京貳車郊外送揮淚滿塵纓

國史書勳伐州民頌樂康豈唯存栢櫪亦合葬桐鄉黃壤
千年恨青山六里長空餘鈴閣畔寂寞菊花香
未滿三年政何妨五月期理言歸葬速道愛出山遲檣翣
穿雲過銘旌着雨垂洛陽多故吏號泣住靈輀使君早年知河南府

村行

馬穿山逕菊初黃信馬悠悠野興長萬壑有聲含晚籟數
峰無語立斜陽棠梨葉落臙脂色蕎麥花開白雪香何事
吟餘忽惆悵村橋原樹似吾鄉

淳化二年八月晦日夜夢於上前賦詩既寤唯省
一句云九日山州見菊花間一日有商于貳車之
命實以十月三日到郡重陽已過殘菊尚多意夢

已徵矣今忽然一歲又逼登高追續前詩句因成

四韻

節近登高忽歎嗟經年憔悴别京華貳車何處搔蓬鬢九日山州見菊花夢裏榮衰安足道眼前杯酒且須賒商於鄒魯雖迢遞大底攜家即是家

仲咸就加郡印因以四韻賀而勉之

如何小郡滯清賢未得徵歸振鷺班莫怕三年持漢詔猶勝遷客卧商山俱謫官路須推命同有詩情合好閑唯是謫官無考限比君知向幾時還

自嘲 二韻

三月降霜花木死（今年三月商州有霜）九秋飛雪麥禾災蟲蝗水旱

霖霪雨盡逐商山副使來今秋洛南縣蝗又大水夏旱秋雨雪

雪霽霜晴獨尋山逕菊花猶盛感而賦詩

狼藉金錢撒野塘幾叢無力臥斜陽爭偷暖律輸桃李獨亞寒枝負雪霜誰惜晚芳同我折自憐孤艷襲人香幽懷遠慕陶彭澤且擷殘英泛一觴是歲商州九月十八日大雪雪後霜晴

寄豐陽喻長官

七十年華鬢未霜道情偏稱宰豐陽早衙請印無仇覽豐陽戶不滿千例省主簿夜榻圍碁祇孟光喻宰好碁又與內子敵手庭戶萬重嵐氣潤盤餐數飣藥苗香猶言彭澤終歸去門柳青青檻菊黃

官舍竹

誰種蕭蕭數百竿伴吟偏稱作閑官不隨夭艷爭春色獨

守孤貞待歲寒聲拂琴牀生雅趣影侵棊局助清懽明年縱便量移去猶得今冬雪裏看

雪夜看竹

夢斷閑牕酒半醺月華薄薄雪紛紛莫言官散無拘束半夜披衣見此君

喜雪貽仲咸

半冬無雪懶吟詩薄暮紛紛喜可知衣上惹來看不足竹邊聽處立多時光迷曙色侵窓早片舞寒空到地遲今日使君吟望好一車飛絮醉褰帷

賦得臘雪連春雪 商州數年無雪

臘雪連春雪商民舞且歌數年求不得一尺未為多試法

烹茶鼎資吟落釣蓑登樓應更好丹水是銀河

立春日細雨

淡於寒霧亂於絲無點無聲落不知輕助雪痕歸麥壟暗隨春氣入梅枝踏苔立久微霑屐遶竹吟餘漸着髭翻憶滿身珠灑罽江頭閑把釣蓑披

霽後望山中春雪

誰種離離碎玉苗曉樓吟望興偏饒白雲作伴宜長在紅日無情已半銷聚映早霞明野寺散隨春水過溪橋世間安得王摩詰醉展霜縑把筆描

閑居

何必問生涯幽閑度歲華有琴方是樂無竹不成家吟裏

銷春色眼中見曙霞今年如未去更擬種胡麻

有懷戚二仲言同年

聞說去官常悽悽返故鄉與君同甲子似我有文章憔悴衣衫綠蹉跎鬢髮蒼此身知幸處曾得紫微郎

春郊寓目

百舌嬌慵未苦啼雪隨春水下松溪何人樵樹和雲斫幾處山田帶雨犁蜀柳半開鸜鵒眼海棠深結麝香臍東風似待閑人出一路青莎襯馬蹄

杏花七首

紅芳紫萼怯春寒蓓蕾粘枝密作團記得觀燈鳳樓上百條銀燭淚闌干

暖映垂楊曲檻邊一堆紅雪罩輕烟春來自得風流伴榆
莢休抛買笑錢

桃紅梨（李）白莫爭春素態妖姿兩未勻日暮墻頭試迴首不
施朱粉是東鄰

長愁風雨暗離披醉遶吟看得幾時唯有流鶯偏稱意夜
来偷宿最繁枝

登龍曾入少年場錫宴瓊林醉御觴爭戴滿頭紅爛熳至
今猶雜桂枝香

長安廢弃遷都後曲沼荒涼一夢中見說舊園爲茂草寂
寥無復萬株（枝）紅

陌上繽紛枝上稀多情猶解撲人衣雙成灑道迎王母十

里濛濛絳雪飛

寄陝府通判孫狀元何兼簡令弟秀才僅

商山留滯再經年咫尺無由見狀元會赦未教歸北闕高歌應合遇東園寸心謾道如弦直兩鬢難禁似雪繁兄弟相知情未敀著書呼取屈原魂東園公

日長簡仲咸

日長何計到黃昏郡僻官閑晝掩門子美集開詩世界伯陽書見道根源風飄北院花千片月上東樓酒一罇不是同年來主郡此心牢落共誰論

春郊獨步

襟袖飄飄晚吹輕孤吟何必共人行綠楊繫馬尋芳逕春

草隨人上古城不慣黃鸝誇巧舌多慙戴勝勸歸耕憑高朗詠沉湘賦自許吾生似賈生

種菜了雨下

菜助三餐急園愁五月枯廢畦添糞壤胼手捽荒蕪前日種子下今朝雨點麗吟詩深自慰天似憫窮途

偶置小園因題二首

十千畝春畦兩眼泉置來應得弄潺湲三年謫宦供厨菜此園典三年數月朝行賃宅錢其價值如此空媿先師輕學圃未如平子便歸田此身久蓄耕山計不敢抛官為左遷

偶營菜圃為盤餐淮瀆祠前水北村泉響靜連衙鼓響柴門深近子城門濛濛細雨春蔬甲疊疊寒流老樹根從此

商於地圖上畫工添箇舍人園

戲從豐陽喻長官覓筍

春来春筍滿豐陽祇把盤餐勸孟光長官祇有妻無子犀角錦文雖可惜也須分惠紫微郎

三月二十七日偶作簡仲咸

一夲量移一轉勲明赦後予未量移仲咸祇加騎都尉貂冠羊胃總非真予檢校常侍故云貂冠仲咸騎都尉故云羊胃韶光祇有兩三日浮世稀逢七十人青杏勸君重酌酒牡丹邀我且尋春仲咸半月来病肺不飲因覩青杏又復淺酌牡丹旦暮開矣請看富貴趙中令已作北邙山下塵

送巡撫侍讀呂司諫

三十軍城百萬家侍臣分命走軺車長春殿裏承丹詔乙

夜書邊別翠華駐馬祇教看壠麥憂民無暇醉溪花歸朝
舊友如相問為道山中學種瓜

別商山 已下量移解州作

欲辭蒼翠入塵囂把酒看山思寂寥莫動移文苦相責解
梁聞說近中條

別丹水

曾經爛漫濯吾纓忍別潺湲月夜下聲便入紅塵染詩思吟
魂猶合數年清

別四皓廟

明朝欲別採芝翁吟遶階前苦竹叢貶謫入山非美退此
中爭敢逐冥鴻

别仙娥峯

商山留滯再經春吟愛仙娥最出羣若有精靈念遷客暫来河壮作行雲

别壮窗竹

滿窗踈韻伴吟聲别夜猶憐枕簟清見説觧梁難種植此君相别若為情

别堂後海棠

一堆紅雪媚青春惜别須教淚滿巾好在明年莫憔悴校書兼是愛花人（此堂予去後是推官王校書税入）

量移後自嘲

可憐蹤跡轉如蓬隨例量移近陝東便似人家養鸚鵡舊

籠䲢倒入新籠

量移自解

商山五百五十日若比昔賢非滯留試看江陵元相國四年移得向通州元稹自江陵士曹四年移通州司馬

留別仲咸二首

二年商嶺賴知音惜別難藏淚滿襟頭白忽抛攀桂伴道消休話拔茅心科名偶得同年分交契都因謫宦深唱和詩章收拾取兩家留與子孫吟

世網嬰纏不自由可憐匏繫又萍流忽從清洛南邊郡移向黃河北岸州命薄我甘閑副使道孤君是假諸侯解梁去此無多地時寄新詩慰客愁

出商州有感

圓邱恩例得量移笑領全家出翠微惟有来時的顱馬商山埋骨不同歸初到商山馬斃

閿鄉縣留題陶氏林亭

年來恩例得量移祇合高歌不合悲消長盈虛存大易東西南北有先師未拋軒冕終妨道偶見林泉且賦詩何事閿鄉住三日吟情難捨竹邊池

寄潘處士

賣藥先生白布衣書来方信在京師減君爐裏燒丹術助我山中買酒資處士自京寄白金相贈閑似野雲終不住[仕]閉如籠鶴已多時飄飖又去黃河北更負中條幾首詩

将及陜郊先寄孫狀元

宦途漂蕩似浮萍又到棠陰邵伯城親老轉添衰鬓白妻兒猶免智囊生狀元館轂如無倦副使量移豈繫程吾道不拘官冷暖唯君應合出郊迎

甘棠即事簡孫何

甘棠風雅美賢臣伐樹悽悽亦聖人因感得時留蔽芾更嗟無位泣麒麟誰知素敎長多難我向清朝自不辰聽訟何如使無訟與君憂道合霑巾

解梁官舍

郡在中條山脚下監(鹽)南風起晝昏昏舍人謫宦雖(誰)言命副使量移豈是恩月有俸錢堆長物日無公事掩閑門上天

於我心還厚祇遺文章道更尊

中條山 二十韻有序

薛許昌賦中條山十四韻且自云兩京之間巨題不媿不負至今百年人亦無敢繼者禹偁量移解梁日與山接茍默而無述後之覽吾集者謂宋無人因賦二十韻而起河盡海之意不能不相涉也葢狀山之形張詩之氣使然爾又五老峰者茲山之特秀避而不言猶人無眉目矣過是皆許昌之所未道者以此易彼庶幾並行

崛起巨河邊犇騰欲上天遠臨滄海盡高與太行連大塊橫為脊它山立似拳土膏經舜耒石險任秦鞭洞黑狂吹雨峰青冷罩煙店荒壇道絕寺古柏梯懸崦⿰山扁徹茫雪巗

垂浙瀝泉迸根通砥柱斜徑入閑田壯笑恒藏寶西輕華
聳蓮三門遥託跡五老迥差肩落實樵夫拾靈苗本草傳
柱空擎鴈塔倒影蘸漁船繪畫終無手封崇必有年鹽池
浮翠靄蕫澤媚漪漣陰壑乖龍蟄枯杉凍虺穿圖經摽數
郡神異産群賢呼壽嵩何謟升中岱（泰）豈專斯文如已矣此
地可終焉暫看猶銷病頻登合得仙許昌休自負吾什亦
銘鐫

五老峯 十六韻

矗矗拂星榆崢嶸與衆殊精靈羇昴宿神異載河圖捧日
光先及參天禮不趨綠羅供組綬清籟獻笙竽洩雨遥霑
華堆嵐下照蒲僧窗分未足郡閣占應俱漠漠雲交袂霏

霏雪映鬚巨靈羞用壯玉女願為奴玉女巖在中條磊落工難畫
參差德不孤兒孫溪石小几杖澗松枯洞鄙三茅隱山嫌
四皓逋分形皆自立倒影要誰扶將數慙同漢臣名合贊
虞嵩峰真樹黨天柱太無徒安得隨人意移將近帝都吾
君南面處萬歲一齊呼

書孫僅甘棠集後

新集甘棠盡雅言獨疑陳杜指根源一飛事往名雖屈六
義功成道更尊骨氣向人蹲獬豸波濤無敵瀉崑崙明年
再就堯堦試應被人呼小狀元

櫻桃十六韻

風寶落嶙峋蟠根出俗塵子多將盡夏花晚不爭春上苑

空枝後荒巘滿樹新鳥含紅映觜猿飽滑流脣溪寺初供佛山齋已待賓升筵棃李柰入市附樵薪葉襯青舒槲籠擎綠透筠瀉盤能宛轉就酒益甘辛致養侔懷橘投誠等獻芹齒酸雖欲罷喉渴尚宜頻溉水應無主驅禽免廢人栽培傷物性髡接失天真自笑羹梅忝誰知社栗神用堪登俎豆生合委荊榛差小同謙退饒先似屈伸叔孫如薦廟朴野味彌純

贈朗上人 朗公少遊渚宮與齊已相識

淨剃霜髭展舊真自疑容貌是前身僧中獨守三千戒詩裏閑銷七十春僻寺蘚深人少到故山雲好夢歸頻禪齋近日誰還往祇有西垣放逐臣

宋王黃州小畜集卷第九　校

吾研齋補鈔本校

宋王黃州小畜集卷第十目錄

律詩

堂前井

荒亭晚坐

身世

琅邪山 東晉元帝以琅邪王渡江常駐此山故溪山皆有琅邪之號不知晉以前何名也

為郡

自笑

自問

夜長

與嘉祐同遊寶應寺

迂儒

花鹿

和朱嚴留别 依本韻

賦得紙送朱嚴 即席探題

饒州馬殿院頻寄黑髭藥服數十丸斑白未減作詩以報之

歲暮感懷

送鄭南進士歸洪州

連前目録

宋王黄州小畜集卷第十

律詩

□□□□再授小諫偶書所懷

宦途滋味飽更諳命薄於人分亦甘兩鬢霜雪為小諫六街泥雨趁常叅便休禄仕饑寒累强逐班行面目慙安得夫如种處士板輿榮侍卧終南（种放與母借隱終南）

贈禮部宋員外閤老（自汝州副使拜命前年與予同貶）

未還西掖舊詞臣且向南宮作舍人（禮部員外號南宮舍人）休歎貳車如竹筆（今外郎散副使一郡至三兩員）須知百日掌絲綸（故事禮曹外郎百日内知制誥）錦窠官重真殊拜玉筍班清祇一身（今朝中員外甚多禮曹一人而已）堪笑白頭王小諫握蘭猶未得相親

自寬

身世龍鍾且自寬追量才分合饑寒朝中舊友休誇貴篋裏新詩不博官曉髮靜梳微霰落夜琴閑拂（挂）古風殘會須歸去滄江上累石移莎擁釣灘

贈衛尉宋卿二十二丈二首 前翰長侍郎

性情和雅得天真卿寺鼇頭任屈伸三品且隨前宰相（宋卿班在尚書下與吏部宋呂二相公相接）重瞳偏認舊詞臣宿齋院冷琴橫膝朝退門閑鶴伴身多少摳衣門弟子側聆還望秉陶鈞

譪宦歸来鬢更班徊翔猶在寺卿閑幾多僚友三台上大半生徒兩制閒舊賜錦袍多貰酒新栽紗帽欲歸山東垣小諫龍鍾甚空媿洪爐早鑄顏

（抄本挂）

送融州任巽戶曹 撰越王愛姬墓誌得罪

御前曾取好科名一撰如何萬里行身落蠻夷人共惜罪因文學自為榮吏供版籍多漁稅民種山田見象耕君看咸通十司戶投荒終久是公卿

寄商州馮十八仲咸同年

還容秋來捧詔還故人多怪鬓毛斑重為臬掖垣中士猶夢西暉亭下山靜算宦途皆是命老思身計不如閑何時相約同歸隱水竹蕭蕭並掩關

送史館學士楊億閩中迎侍

迎侍閩中去路長才名官職過歐陽翰林貴族誇東楊（楊 近）為副翰張舍人坦腹史館清衙慶北堂別酒正逢寒菊綻歸舟應見

早梅香拾遺健羨吟詩送莫笑蹉跎兩鬢霜

覽照

覽照笑浮生秋霜髮數莖才高空有氣官散即無榮貧久心還樂吟多骨亦清他年文苑傳應不漏吾名

送寇諫議赴青州

表海鎮崢嶸樞臣輟禁庭兩藩申族帳七縣造圖經密勿君恩異循良祖德馨旌旗驅驛路鼓角出郊坰歸夢尋淄樹行塵動福星上儀三道判排設十開廳風靜衙門戟霜寒郡閣鈴看山樓號白封社土分青花好詩難惜梨甘酒易醒牡丹水梨皆青州所出徵還都幾日莫愛妨娉婷

寧公新拜首座因贈

著書新奏御（上詔承旨蘇公道士韓德純與公集三教聖賢事迹各五十卷故有首座之命）優詔及禪扉首座名雖貴家山老未歸磬聲寒遶枕塔影靜侵衣終憶西湖上秋風白鳥飛

壽寧節祝聖壽十首

待漏齊趨聖節筵雲開金闕上青天平明引入長生殿共祝堯雲百萬年

數聲飛電響鳴鞘香裹金爐映赭袍王母親承玉皇詔年年今日進蟠桃

華胥國土何時見兜率天宮底處開盡說今年壽寧節一齊移入帝城來

簾前可愛三冬日堦下新抽七葉蓂昨夜靈臺因預奏絲

雲髙捧老人星
益算真君南斗髙還因聖節奏天曹扶桑枯盡靈椿老始
放堯眉出壽毫
莊周浪說華封祝漢帝虛傳嵩岳聲爭似壽寧嘉節日千
門萬户願長生
帝德由来動百神年年聖節絕纖塵萬家喜氣生和氣冬
日翻疑一日春
秖為憂民慼上玄平[玉]京今日集羣仙更教添注吾君壽直
過人皇萬八千
漢主壽山稱萬歲玄宗佳節號千秋吾皇別享無疆福百
姓懽呼動九州

謫宦商於又解梁二年不見赭袍光重來班列雖疎遠祝壽情深淚數行

幕次閑吟五首

二年憔悴詠江蘺恩詔重教侍玉墀寓直掖垣休入夢常參幕次且吟詩新文自負山中集舊吏多驚鬢畔絲莫道諫官無一事猶勝閑卧解州時

禁漏遲遲待立班坐愁身計忽長歎時清幸偶千年運頭白重為八品官烏帽半欹殘月冷馬鞭慵執曉霜寒君恩未報心猶壯不敢思歸七里灘

文章曾受帝褒稱幕次孤吟冷似氷借馬趁朝長後到問人求米盡難憑僮教罷樂朝無酒兒廢看書夜絶燈除却

金章在腰下其餘滋味一如僧

六里山中謫宦身歸來無路掌絲綸堦前不見朱衣吏堂上空辭白髮親月入可堪茶作俸雨多還怯桂為薪懶求郡印緣何事曾忝西垣侍從臣

江蘺吟盡鬢成霜謫宦歸來夢一場每日祗窺丹鳳案被人猶喚紫微郎齋宮獨坐風翻幕客舍閑吟葉滿床若是承明容再入未曾荒廢舊文章

還韋度支韶程集

嶺南為郡帶名曹萬里江山興詠饒皇宋聲詩歸雅正有唐門地本逍遥雪霜思苦雖侵鬢金紫恩深已佩腰舊草滿囊勝薏苡幾聯乘醉寫芭蕉進來聖主迴天眷抄遂鑾

僧過海潮何事曹南得披覽韶程風什似聞韶

將赴單州和章度支相送之什次韻

就養求官動聖知專城猶得近王畿鄉人竟指曾題柱邱嫂應慙不下機西掖罷批天子詔北堂榮着老萊衣鄰封唱和如多暇三載須成一集歸

初上單州有作

舊官休念直承明就養誰能繫宦情藍綬昔年為短簿綵衣今日是專城妓人半在登樓看親老初來滿郡迎慢逐肩輿張皁蓋平生唯有此時榮

送秘閣裴都監奉使兩浙 已下再入西掖作

霏霏微雨灑船窗綠樹參差早稻黃捧詔暫辭圖籍府揚

帆深入水雲鄉皇華靜讌江樓月御札開開野寺香若到
蘇臺人問我長官重作紫微郎

送戚殿丞之任括蒼

佐郡海西邊挂帆離兎園遠經羅剎石去近鶺鴒原菊暖
秋飛蝶霜晴夜叫猿老郎方吏隱應笑市朝喧殿丞令弟知温州永
嘉縣

送馮中允之任婺州

東南宦遊多勝遊婺女星下溪山幽嚴陵隱德七里瀨沈
約詩名八詠樓岸上黍離經故國湖邊木脫正高秋承明
三入妨賢久擬覓江鄉小郡侯

寄題義門胡氏華林書院

水閣山齋架碧虛亭亭華表映門閭力田歲取千箱稻好事家藏萬卷書旋對杯盤燒野筍別開池沼養溪魚吾生未有林泉計空媿妨賢卧直廬

送母殿丞赴之任齊州

三齊號難治民瘼待良醫勿謂人多詐須教吏不欺魚鹽多近海桑柘潤連淄御札新須歷無忘訓誡辭詞（上親選良吏仍賜御前歷子）

送張監察通判餘杭

郡城蕭灑浙江濱暫輟乘驄慰遠民莫放霜威誇御史且收風景屬詩人雪侵樓上迎潮眼花擁湖中泛月身盡是公餘吟詠處好飛佳句寄詞臣

送楊屯田通判永興

長安弃廢比藩方通理猶宜占省郎入洛才名齊二陸（屯田自浙入朝鑠廳及第）有唐門戶本三楊（屯田靖恭楊氏唐末避地江南）袖中丹桂家聲在道畔豐碑祖德光（關西夫子碑在閿鄉路上）莫向公餘尋故第榛蕪誰認靖恭坊

書齋

年年賃宅住閑坊也作幽齋着道裝守靜便為生白室著書兼是草玄堂屏山獨卧千峰雪御札時開一炷香莫笑未歸田里去宦途機巧盡能忘

書懷簡孫何丁謂

三入承明已七年自慙蹤跡久妨賢吾子幾時歸鳳閣病

夫方欲買漁船季路旨甘知已矣潘安毛髮更皤然舉人自代何由得歸去東皋種黍田

送柴諫議之任河中

蒲津名郡得名公諫紙盈箱且罷封紅藥堦墀曾吐鳳綠莎廳事舊鳴鼃故事河府院有綠莎廳唐來治平時好事者常加澆溉兵興之後為不好事者剷去之公好事者也可復此景故云下車首謁重華廟入境先經五老峰見說郎門詩板在應教回也繼遺蹤故兵部王侍郎嘗知河府公之座主也

送僕射相公赴西京

五十月端揆西郊任保釐偶抛三事重未失百寮師府縣威儀引宮城管鑰隨麗官嫌出將劇位是留司櫻筍供筵館蜩蟬響路岐碧紗題壁處晝錦下車時請雨摩騰塔尋

芳白傅祠維嵩過舊隱稧洛賦新詩禮絶應懸榻公餘尚讀碑留臺洛拜表内殿列須知易退日龍卧難虚是鳳池兩京全咫尺三入不參差康濟荒年穀風標飣座梨唐相崔遠文詞清麗風神峻整時人謂之云耳粥諧終在我睠注更同誰温樹陰猶在甘棠影暫垂常濡玉堂筆願草白麻詞

送李著作

芸閣新銜捧詔歸歷陽湖畔拜庭闈已聞愛子披朱紱著作郎君已賜服色猶學嬰兒着綵衣飯饋海陵紅稻軟鱠擎淮水白魚肥吾生自失榮親祿謾踏花塼入北扉

送禮部蘇侍郎赴南陽

拜命辭台席扶親道更光風流在東閣優逸是南陽治篋

排宸翰行衣帶御香袴襦編户暖扇枕板輿涼鈴閤留僧飯書齋着道裝遺蹤尋耿鄧善政法龔黄潭淨秋收菊郊平曉坐棠未應淹郡國即是復巑廊一自同鵬鳥重來浴鳳凰貳卿二十八羞殺老馮唐

制除工部郎中出内署已下滁州作

温樹陰中别玉堂應星猶得入文昌莫嫌工部官曹慢杜甫才名是外郎

詔知滁州軍州事因題二首

曉直銀臺作侍臣暮為郎吏入埃塵一生大抵如春夢三黜何妨似古人不稱禁中批敕詔猶教淮上擁朱輪時清郡小應多暇感激君恩養病身

罷直金鑾領一麾依前顛頷詠江蘺所嗟吾道關消長豈
為微軀繫盛衰尚媿臨民為父母終當學稼養妻兒自憐
此度辭金闕猶勝商山副使時

滁州官舍二首

忽從天上謫人間知向山州住幾年俸外不教收果實公
餘多愛入林泉朝簪未解雖妨道宦路無機即是禪鈴閣
悄然私自問郡齋何異玉堂前

失職金鑾假一麾琅邪山色遶城池解龜且作三年調下
馬先吟八絕詩勾檢簿書寧免俗逢迎使命亦隨時公餘
不敢妨吟詠異日聲名繼至之獨孤及字至之及為滁州刺史

堂前井

公署在山上鑿泉深且清一杯冰溜滿六月火雲生利物
誠堪拜投錢惡近名飲之何以報官况與詩情

荒亭晚坐

荒亭秋日沉獨坐白頭吟為郡渾無味歸田素有心鵲翻
楓葉亂蛬響菊叢深微物休相聒幽懷老不禁

身世

淮邊為小郡身世復何云妻病無醫藥兒癡廢典墳簪裳
看似夢俸祿薄如雲不作歸耕計何階望致君

琅邪山 東晉元帝以琅邪王渡江常駐此山故溪山皆有琅邪之號不知晉已前何名也

連衮復岧嶢峯巒架泬寥流名自東晉積翠滿南譙洞碧
通仙界溪明潤藥苗古臺臨海日絕頂見江潮杉影拏雲

暗泉聲出竹遥廟碑傳漢祖寺額認唐朝早歲時霑稼靈蹤合禁樵詩章因我盛唐賢遊者多矣無琅邪山詩屏障遣誰描近住人多秀頻登酒易銷圖經標八絕灊霍合相饒

為郡

為郎為郡意何闌羞拂朝纓蓋病顏賜筆任分雙管赤梳頭已是二毛斑道孤自合先歸隱俸薄無由便買山出坐兩衙皆勉強此心長在水雲間漢尚書郎月給赤管大筆一雙

自笑

年來失職別金鑾身世漂淪鬢髮殘貧藉俸錢猶典郡老為郎吏是何官開樽暫喜愁腸破堆案仍勞病眼看自笑不歸田里去謾將名姓挂朝端

自問

自問意何如身窮業有餘卷懷君子道耽味古人書月給非無酒晨羞亦有魚山頭刺史宅未潛是吾廬

夜長

後樓前閣五嚴更年鬢侵人睡漸輕病眼已甘書冊廢愁腸猶取酒杯傾風摇紙帳燈花碎月照銅壺漏水清吟盡舊詩猶展轉百廻移枕未天明眼病黑花夜不看書數年矣

與嘉祐同遊寶應寺

滁陽領郡經三月寶應遊山始一廻屐齒免憂巖下折簿書長苦案頭堆潾潾泉石吟魂健漠漠煙嵐病眼開盡日引渠尋勝境讀碑看篆掃蒼苔

迂儒

自笑是迂儒誠宜與世殊左遷猶上疏薄俸亦抄書漠漠花侵眼蕭蕭髮映梳維當早休去幽處卜吾廬

花鹿

花鹿一何馴長隨病使君必教吾在野當與爾為羣靜飲清溪水閑眠碧洞雲猶勝市朝裏逐衆走紛紛

今冬

休思官職落青雲且筭今冬養病身白紙糊窗堪聽雪紅爐着火別藏春旋蒭官醖漂浮蟻時取溪魚削白鱗况是豐年公事少為郎為郡似閑人

滁上謫居四首

跡去金鑾殿官移玉笥班才高寧免妬命薄不如閑曉鑑悲華髮春醪慰病顏為郎身漸老自笑不歸山

跡忝詞林舊官為郎署甲同羣甘鳥獸苟祿為妻兒未有一事立空驚雙鬢衰唯憐文集裏添得謫官詩

敢歎我命薄所嗟吾道消謫官淮上老京信日邊遙巧宦或五鼎甘貧唯一瓢居然古人事名跡詎相饒

一日復一日悠悠任此生所悲頻謫宦不是厭專城有悔皆因祿無凶未若耕林泉何處好終卜挂吾纓

戲題二章述滁州官况寄翰林舊同院

要知滁上興如何養拙偷安幸亦多小郡既無衣襖使豐年兼有袴襦歌公餘處處攜山屐官醞時時泛海螺病眼

白頭唯醉睡朝廷好事不聞他

要見滁州謫宦情信緣隨俗且營營不誇兩制詞臣貴多伴三班奉職行樓堞向空乘月上樽罍有酒對山傾升沉得喪何須問況是浮生已半生

高閑

謫官滁上欲何為唯把高閑度歲時費盡俸錢因合藥忙於公事是吟詩京中吏去慵傳信江外僧來與撰碑更待吾家婚嫁了解龜休致未全遲

臘月

臘月滁州始覺寒年豐歲暮郡齋閑官供好酒何憂雪天與新詩合看山日照野塘梅欲綻燒迴荒逕草猶斑吏人

散後無公事門戟森森夕鳥還

雪中看梅花因書詩酒之興

年來滁上興何長唯把吟情入醉鄉雪片引詩勝玉帛梅花勸酒似嬪嬙凝眸未厭頻頻落擁鼻還憐細細香謫宦老郎無一物清貧猶且放懷狂

朝簪

一戴朝簪已十年半居謫宦半榮遷壯心無復思行道病眼唯堪學坐禪醉謝陶公長欠酒俸慙吾祖不言錢白頭郎署成何事見擬休官自種田陶公云飲酒常不足

賀李祐之諫議自起居舍人拜命不由一員外郎中

鳳閣前年陪步武麟臺昔日是交遊先歸內署身雖忝直

上高坡命更優玉筍外郎全弃擲土山果毅免經由卻應廻笑滁陽守官似馮唐半白頭

賀馮起張秉二舍人

八年東觀知深屈馮舍人雍熙丁亥歲與予同直史館百日南窗秪暫經張自知雜入閣下春暖並吟紅藥樹雲開雙見紫微星繡衣脫後休持斧珠履拋來免過廳馮兼越王翊善應念出官淮水上被人還笑屈原醒

送都官梁員外同年之江南轉運

月宮同歲取丹枝次第飛翔侍玉墀出職未吟紅藥樹轉官新入白雲司都官刑部子司使權繁重雖無暇曹局清閑合賦詩薛能李頻鄭谷皆為都官不似謫官淮水上鬢毛衰颭詠江蘺

有傷

壁上時牌催晝夜案頭朝報見存亡懸車又喪司空相延閣新薨賈侍郎二公相繼薨背陶鑄官資經化筆其登朝後所任官皆司空在中書品題名姓在文場予應舉時賈公以駕部員外知制誥同知貢舉遂蒙首冠多士繐帷一慟無由得徒灑春風淚數行

寄杭州西湖昭慶寺華嚴社主省常上人

夢幻吾身是偶然勞生四十又三年任誇西掖吟紅藥何似東林種白蓮入定雪龕燈熘直講經霜殿磬聲圓謫官不得餘杭郡空寄高僧結社篇

送鄭褒歸閩中

褒也甌閩士文高行益修干名逢詔罷歸計逼親憂鷗鳥

終相狎公卿謾欲留剌桐花下宅蘭蕨奉晨羞

贈王巘

舉子竟文賦風騷委路塵吾宗多警句詩道未無人青眼
有誰是白頭空鑷頻賈生如再召為爾指迷津

病假

小郡雖無事常時亦有勞坐衙衫強着判案筆須操眼病
因求假身閑更覺高何當長似此歸去老蓬蒿

偶題三首

賈誼因才逐桓譚以讖疎古今常似此吾道竟何如
鄭興親未葬張籍眼多昏何時解印綬歸去臥山村
白頭厭郎署病眼欲分司寸心猶未決所顧在妻兒

詩酒

白頭郎吏合歸耕猶戀君恩典郡城已覺功名垂素志祇憑詩酒送浮生剛腸減後微微諷病眼昏來細細傾樽杓不空編集滿未能將此換公卿

司空相公挽歌三首

全德群儒服清名信史書何人不調鼎唯我得懸車蕭相文無害于公慶有餘三川歸葬地松櫝自扶踈

執報禮身雖退思賢寵未衰垂行三入命遽逼九原期本末皆前史功名別樹碑須知文集裏全似白公詩

去歲頻宣召觀燈復賞花健嫌靈壽杖輕弃富人車列座先台席温顔逼翠華而今宅前路雨破築堤沙

和廬州通判李學士見寄二首

北門西掖久妨賢出入丹墀近八年且把一麾淮水上敢思三接浴堂前將何政術稱循吏豈有文章號謫仙除却清貧入詩詠山城坐客冷無氊杜工部戲贈鄭廣文詩云登科四十年坐客寒無氊

金鑾失職下蓬瀛也向淮邊領郡城堆案簿書為俗吏滿樓山色負吟情廬江地近音塵斷何遜詩來格調清未得罇前一開口可憐心緒獨搖旌

贈朱嚴

未得科名鬢已衰年年顛頓在京師妻裝秋卷停燈坐兒趁朝餐乞米炊尚對交朋賒酒飲徧看卿相借驢騎誰憐所好還同我韓柳文章李杜詩嚴妻能書常寫文卷

戲和壽州曾秘丞黃黃詩

黃黃真是小巫娥買恐千金價不多别母語嬌空有淚對人聲顫未成歌産從南國勝桃李攜去東山隱薜蘿滁上老郎無妓女草玄讀易擬如何

又和曾秘丞見贈三首

非才誤受帝恩深報國空存一片心命薄任從官進退道孤難與衆浮沉日邊信斷無歸夢滁上公餘且醉吟勞寄新詩遠相唁野雲何處望為霖（来詩云共如夷夏待為霖）

謬因文字立虛名寓直金鑾冒寵榮兩度黜官誰是援二毛侵鬢自堪驚宮花謾役春來夢山蕨聊供醉後羹身外浮華盡閑物不將窮達問君平

篋中經歲鏁朝衣自覺心閑少夢思失馬叟言徒喻道牧猪奴戲任爭碁且持使節安黔首莫愛恩波沃漏卮児是無功頭已白此身長恐負明時

和朱嚴留別 依本韻

之子有文行常流竊比難援毫秋露下 生文學餘力尤工篆隸 開卷古風寒場屋推盟主聲詩立將壇論儒輕五霸議古嫉三柏師仰唯韓愈才名壓李觀 生有師韓說 固窮多短褐憂道即忘餐見訪山園郡相逢菊滿欄眼青憐造士頭白媿郎官罷舉層霄遠監州勺水蟠貧厨兼味少市醞數杯酸舊業煩君勘新題為我刋 生為予勘小畜集又書八絶詩在石也 臨岐留雅什天馬撼金鑾

賦得紙送朱嚴 即席探題

潔白又方正似君心坦平空隨文價貴未免刺毛生客被侵霜薄山窓映雪明前春懸作牓應見淡書名

饒州馬殿院頻寄黑髭藥服數十九斑白未減作詩以報之

兩州迢遞隔長江寄藥知君念老郎妙術遠慚周柱史衰容爭奈漢馮唐未除凡骨無仙分欲斷愁根有醉鄉多羨繡衣鬚髮黑滿身唯帶栢臺霜

歲暮感懷

歲暮山城放逐臣老從霄漢委泥塵公卿別後全無信兄弟書來祇說貧眼看青山休未得鬢垂華髮摘空頻文章

氣槩成何事露惹虛名誤此身

送鄭南進士歸洪州

霜飄楓葉滿長郊家指西山舊結茅訪我謫居龍失水憐君行路烏焚巢仲尼未免遭儒戲楊子何煩解客嘲歸去豫章泉石好不知徐孺與誰交

宋王黃州小畜集卷第十 拔

吾研齋補鈔本校

宋王黃州小畜集卷第十一目錄

律詩

□□□□□□茶園十二韻 揚州作

送董諫議之任湘潭

送江州孫膳部歸闕兼寄承旨侍郎

立春前二日雪

送嚴判官 儒 歸滁州

將巡堤堰先寄高郵蔣知軍

送閤門秦舍人

病起思歸二首

寒食

无揚州作三字

二首側注

訓太常晁承見寄

張屯田弄璋三日略不會客戲題短什期以滿月

開筵

寄秀州馮十八禮丞同年

送丁謂之再奉使閩中

牡丹十六韻

朱紅牡丹

芍藥花開憶牡丹絶句

海仙花詩并序

后土廟瓊花詩二首并序

櫻桃漸熟牡丹已凋恨不同時輒題二韻

楚州監倉四字側注

無師善八分云十五字

无小注六字

三首側注

邵下小注鈔本俱无

會昌三年所寫數行殘缺後人添之其筆跡乃工部畢侍郎所補也昨因問之乃云亡失多年矣作四韻以還之

伏日偶作

和吏部薛員外見寄

贈容直張諫議 與子結婚

寄狀元孫學士 何

送譚殿院之任南陽

送河陽任長官

和屯田楊郎中同年留別之什

送臨清楊可主簿入蜀 楊父為諸司使祖有贈官及第授官後以父命歸拜

連前目錄

宋王黃州小畜集卷第十一

律詩

□□□□茶園十二韻 揚州作

勤王修歲貢晚駕過郊原蔽芾餘千本青葱共一園芽新撑老葉新芽之上去年舊葉尚在土軟迸深根舌小侔黃雀毛獰摘綠猿出蒸香更別入焙火微溫採近桐華節生無轂雨痕緘縢防遠道進獻趁頭番待破華胥夢先經閶闔門汲泉鳴玉甃開宴壓瑤罇茂育知天意甄收荷主恩沃心同直諫苦口類嘉言未復金鑾召年年奉至尊

送董諫議之任湘潭 偕

依依行色滿帆檣又藉仁風惠遠方暫去長沙非賈誼猶

抄本偕

虛計相待張蒼檻前波浪瀟湘濶雨後汀洲橘柚香翰苑放臣知最幸願聽民訟繼甘棠

送江州孫騰部歸闕兼寄承旨侍郎

九江為郡鬢成霜淮海相逢共黯傷放逐翰林同李白蹉跎郎署似馮唐才名各負詩千首離别無辭酒一觴歸見鼇頭如借問為言棖也減剛腸孫與承旨侍郎同年

立春前二日雪

一夕滿淮海莎堦曉欲平氣寒如臘在勢猛共春爭飄泊殘梅妬龍鍾老檜拏隨風無定態入竹有繁聲倚檻吟忘倦援毫晝不成南鄉消瘴癘東作助農耕片颭鵝毛遠光翻蝶翅輕在貧添酒債慵掃慰詩情群玉峰巒秀華胥世

界清老郎無政術沉醉臥江城

送嚴判官儒歸滁州

永陽謫宦鬢成華唯有賓從最可誇文學東堂進士第風流南國相公家移官我未歸丹禁迴棹君今指白沙滁上淹翔雖已久寺樓山色對琅邪

将巡堤堰先寄高郵蔣知軍

二十年前在濮陽賓筵留我共飛觴當時進士衣如雪今日郎官鬢有霜吏役可堪巡堰埭軍城猶喜接封疆能来界首相期否堤上依依柳漸黄

送閤門秦舍人

郡印我未解輕軒君不留相逢都幾日此别又經秋山雪

鈔本酒

趙撖山云陶自祭文人生實難死如之何皆四字為句元之讀書亦尔鹵莽耶

晴猶在河㶅暖漸浮内庭連上閤早晚共優游

病起思歸二首

年来多病轉思山終日呻吟簿籍間叔夜養生休著論陶潛難死只因閑（陶潛云人生實難死）又移郡印三年調未報君恩兩鬢斑安得便歸田里去松篁泉石掩柴關

四十為郎非不偶況曾提筆直瀛洲明時遇主誰甘退白髮侵人自合休夢得蹉跎因出郡（劉夢得貶謫為郎四十餘年）薛能詩什恥監州（薛許昌詩云監州是戲儒）春來病起思歸甚未敢飛章達冕旒

寒食

寒食江都郡青旗賣[買]楚醪樓臺藏綠柳籬落露紅桃妓女

二首側注

鈔本有其二

穿輕屐笙歌泛小舠使君慵不出愁坐讀離騷

訓太常晁丞見寄

當年布素定交情恨不同為出谷鶯猶作三丞君最屈徧尋兩制我知縈湮沉莫厭青衫在彼此俱嗟白髮生重入玉堂非所望汝陽田好欲歸耕晁詩祝予再入翰林

張屯田弄璋三日略不會客戲題短什期以滿月開筵

布素相知二十年喜君新詠弄璋篇洗兒已過三朝會屈客應須滿月筵桂子定為前進士蘭芽無是小屯田至時擔酒移厨去請辦笙歌與管絃

寄秀州馮十八禮丞同年

君從婺女典嘉興我自滁陽到廣陵同被雪霜侵兩鬢獨嗟官職是三丞郡齋新養華亭鶴鄉信時逢建業僧願作入朝西道主只看黃覇詔書徵

送丁謂之再奉使閩中

繡衣直指東南夷入奏風謠受聖知持節又從三殿出演綸還較一年遲朝中謬拜推賢表江畔空吟惜別詩郡印喧甲文會少為君搔首落花時予在西掖嘗舉謂之

牡丹十六韻

艷絕百花慙花中合面南賦詩情莫倦中酒病先甘國色渾無對天香亦不堪遮須施錦障戴好上瑤簪苞拆深擘露枝拖翠出藍半傾留粉蝶徵亞摘宜男鄰妓臨粧妬胡

蜂得蘂貪忽行晴吹動濃睡曉煙含話別年經一相逢月又三遣吾撏白髮爲爾換新衫池館邀賓看衙庭放吏參仙娥喧道院魔女逼禪庵道院禪庵皆公署內所有亂折寧難惜分題韻更探歌歡殊未厭零落痛曾諳穀雨供湯沐黃鸝助笑談顔生如見此未免也醺酣顔回不飲酒者也

元者也二字

朱紅牡丹

渥丹容貌着霓裙何事僧軒秪一株應是吳宮歌舞罷西施因醉誤施朱

芍藥花開憶牡丹絕句

風雨無情落牡丹翻階紅蘂滿朱欄明皇幸蜀楊妃死縱有嬪嬙不喜看

海仙花詩三首并序

海仙花者世謂之錦帶維揚人傳云初得於海州山谷間其枝長而花密若錦帶然予視其花未開如海棠既開如木瓜而繁麗嫋弱過之或一朶滿頭冠不克荷惜其不香而無子第可鈎壓其條移植他所因以釋草釋木驗之皆無有也近之好事者作花譜以海棠為花中神仙予謂此花不在海棠下宜以仙為號目之錦帶俚孰甚焉又取始得之地命曰海仙且為賦詩三章題諸僧壁

一堆絳雪壓春叢嫋嫋長條弄晚風借問開時何所似似將繡被覆薰籠

春憎窈窕教無子天為妖嬈不與香盡日含毫鄴比興花
中應是衛莊姜

何年移植在僧家一簇柔條綴彩霞錦帶為名卑且俗為
君呼作海仙花

后土廟瓊花詩二首 并序

揚州后土廟有花一株枝潔白可愛且其樹大而花繁不
知實何木也俗謂之瓊花云因賦詩以狀其態

誰移琪樹下仙鄉二月輕冰八月霜若使壽陽公主在自
當羞見落梅粧

春冰薄薄壓枝柯分與清香是月娥忽似暑天深澗底老
松擘雪白婆娑

櫻桃漸熟牡丹已凋恨不同時輒題二韻

紅芳落盡正無憀吟遶空枝首重搔最恨東君少才思不留檀口待櫻桃

芍藥詩三首并序

芍藥之義見毛鄭詩百花之中其名最古謝公直中書省詩云紅藥當堦翻自後詞臣引為故事白少傅為主客郎中知制誥有草詞畢詠芍藥詩詞彩甚為該備然自天后以来牡丹始盛而芍藥之豔衰矣考其實牡丹初號木芍藥蓋本同而末異也予以端拱己丑歲由左司諫為制誥舍人後坐事黜弃淳化甲午年又以禮部員外郎牽復舊職尋以本官充翰林學士則謝公白傅

之任帶蹂躪矣自出滁上移廣陵追念綸闈于今九載
而編是集之内未嘗有芍藥詩言于詞臣不得無過揚
州僧舍植數千本牡丹落時繁豔可愛因賦詩三章書
于僧壁

牡丹落盡正凄凉紅藥開時醉一場羽客暗傳尸解術仙
家重爇返魂香蜂尋檀口論前事露濕紅英試曉粧曾忝
掖垣真舊物多情應認紫微郎

東君留着占殘春得得遲開亦有因曾與掖垣留故事又
來淮海伴詞臣日烧紅豔排千朵風遞清香滿四鄰更愛
綠頭弄金縷異時相對掌絲綸

滿院匀開似赤城帝鄉齊點上元燈感傷綸閣多情客珍

重維揚好事僧酌處酒杯深蘸甲折來花朶細含稜老郎為郡辜朝寄除却吟詩百不能

暮春

索寞紅芳又一年老郎空解惜春殘纔聞鶯囀誇楊柳已被蟬聲哭牡丹壯志休磨三尺劍白頭誰藉兩梁冠酒鐏何必勞人勸且折餘花更盡歡

詶高郵知軍蔣殿丞見寄 次韻

青雲豈望更翺翔覽照唯添鬢雪光為郡自知無政術歸田猶擬拜封章且眠錦帳趍蘭省終掩雲關卧草堂三入承明已過分有何辭筆敵長楊 予兩知制誥一入翰林

又和寄惠藤箧絕句

蠻藤編篋自番隅錦袋羅囊盡不如乞與揚州貯詩草行
春誰怕雨隨車（藤篋耐雨）

先帝登遐聖君嗣位追惟恩顧涕泣成章

鼎湖髯斷去難攀九五龍飛已御乾兩制舊臣生白髮一
番新貴上青天老為郎吏承綍經假作諸侯哭几筵踈賤
無由撰哀冊夢中空負筆如椽

登壽寧寺閣

乘興登虛閣披襟一望間聖朝新日月（時新帝初即位）亡國舊江
山桂隔晴虹斷簷喧夕鳥還歸衙不辭晚吟思白雲閑

池上作

未遂滄洲去池邊弄渌（綠）波醉浮船底兀吟遶履痕多靜照

新華髮沉思舊釣簑晚凉得幽趣魚戲上圓荷

和國子柳博士喜晴見贈

霖霪為害正憂農昨日陰雲散碧空潑剌退灘魚失水啁啾高樹鳥知風洗開霽月嬋娟色放出秋花菡萏紅勞寄新詩曲相賀由來災异〔異〕繫三公

公退言懷

吏胥圍遶簿書堆病眼昏昏素髮垂已覺文章無用處不歸田里待何時兩衙决事官差我五日延英詔問誰願〔賴〕有古人蹤跡在只應蘧甯是吾師

公餘對竹

冠褐飄飄乍退公引吟留坐一叢叢買添幽景渾無價洗

却繁陰別有風曾任雪欺終古綠也從桃映暫時紅此君合是吾廬物會種嬋娟伴釣翁

官舍偶題

俸錢隨月盡公務逐時生白髮多悲感皇華倦送迎奉身無實事困我為虛名會向滄浪上秋風自濯纓

贈呂通秘丞楚州監倉

聞君公事苦喧卑紅粟堆邊獨斂眉已入朝行翻掌庾未如畿尉且吟詩（君前任畿尉）堰頭笑傲同張祜市裏優游比路隨唯有才名藏不得山陽留滯肯多時

贈樹虛已

谿邊幽事好煙霞別後春風幾度花夢憶一巖紅薜荔心

楚州四字側注

抄本有

輕三事紫袈裟禪機悟了身無着詩句高來鬢有華不遇
蘇州韋應物晝公篇什向誰誇

贈省欽師善八分太宗召於殿上書數行賜紫

舊隐何年别翠微瀑泉聲外鏁禪扉御前曾寫八分字天
上特宣三事衣燈照夜庵霜後冷鼎烹秋菌雨中肥終歸
五老峰邊去杯渡長江一錫飛

贈王殿院同年

幾年淮海歎驅馳美拜初聞入奏時乍作臺官勞馬揖合
為巡使近龍墀多從此地升三字莫向朝端説四推縱遇
省橋休拗項郎官班列甚喧卑時郎中八十餘員員外數百員惟臺官稍少

留别揚州府亭池

竹遶亭臺柳拂池徘徊終戀郡齋西斜陽更上漁舟坐明
日紅塵逐馬蹄

池邊菊

綠池遶逕幾千栽準擬登高泛酒杯未到重陽歸闕去金
英寂寞為誰開

揚州道中感事兼簡史館丁學士時與丁同赴京

淮邊為郡再相逢聞又得同途赴九重顧我尚騎天廐馬共
君遥想鼎湖龍賈生比望朝文帝白傅何期哭憲宗携手
驛橋殘照裏斷魂空對隔江峰

太宗皇帝挽歌三首

卜世知無極上仙安可尋祝堯違衆望傳啟合天心陵栢

臨 二十七沁 力鴆切 哭臨 见 松年 亨

蕭騷韻階茅寂寞陰何人開殿閣塵暗九絃琴
舜化無偏黨堯年欠耄期世間人自哭天上事難知終讓
東封禮遂成南狩悲金鑾舊學士頭白涕漣洏
日到虞泉落天從杞國崩去年壽寧節今夕永熙陵薤露
悲風起松阡苦霧凝龍髯攀不及千古恨難勝

閣下言懷上執政 三首

謬提文筆侍先皇謫官歸來遇國喪仙駕只留燒藥鼎繐
帷猶認諫讀書囊北辰別見天垂象西內渾疑海變桑昨日
梓宮陪哭臨淚多唯有老馮唐
早有虛名達九重宦途流落漸龍鍾散為郎吏同元稹羞
見都人看李邕舊日謬吟紅藥樹新朝曾獻皁囊封猶期

少報君恩了歸卧山村作老農
誥詞黜責子孫羞欽雪前冤事已休浴殿失恩成一夢鼎湖攀駕即千秋道邊任死心終直澤畔長吟淚暗流虞舜五臣知此事戲儒應免更監州薛能詩云監州州是戲儒

送邵察院知朗州察院自淮南轉運乞侍養因有此除并拜母為縣太君

郡齋全占五谿雲就養辭權以孝聞重戴舊稱秦御史高堂新授漢封君板輿為別經三載壽酒先斟滿十分我歎今生無此事賦詩相送淚雱雱

送直館高正言轉運荊湖

象笏烏紗諫署榮運輸權重使鑾荆職分三館圖書貴地轄重湖水石清貪吏望風潛解印逋民知惠自歸耕官曹

寂寞馮唐老多羨乘軺澤國行

送宋澥處士之長安內翰舍人弟

簪笏盈門獨綰蘭卧龍潛在八龍間鴒原任說朝賢貴鶴氅惟稱處士閑靜按仙經燒大藥狂挨僧壁畫遙山老郎見作歸休計分取圭峰並掩關

（監）

送刑部韓員外同年致仕歸華山自察院求致仕

抗表辭烏府歸山鬢未秋朝簪還獬豸塵世謝蜉蝣拂袖人生事懸車帝命優名光新日歷官占好詞頭應宿郎曹美尋仙物景幽繡衣移蕙帶驄馬換耕牛對枕蓮峰翠當門瀑布流妻閑栽藥草兒戲雜猿猴買竹憑牙板疏泉濕鹿裘四推離督責三院肯淹留接武陶貞白差肩許遠遊

（縣）

內翰五字抄本旁加

十洲如得侶萬户任封侯脫灑因君去龍鍾使我羞遷鶯情最洽化鶴術難求掌誥無文彩謀身足悔尤紫垣頻忝竊白髮合歸休應璉叨三入張衡尚志四愁亦期婚嫁畢攘袂逐浮邱

贈狀元先輩孫僅

病中何事忽開顏記得詩稱小狀元予淳化辛卯歲贈君詩云明年再就堯堦試應被人呼小狀元粉壁乍懸龍虎榜錦標終屬鶺鴒原青雲隨步登花塔紅雪飄衣醉杏園還有一條遺恨處不教英俊在吾門

贈浚儀朱學士台符新知貢舉

潘岳花陰覆杏壇門生叅謁絳紗寬西垣久望神仙侶壯

部休誇父母官兩屐送僧莎逕滑夜棊留客竹齋寒何時
儤直來相繼三入承明興漸闌

書懷送田二舍人自吏部郎中出典泰州

共歎蹉跎兩鬢蒼立朝為郡是尋常重歸謝客中書省又
送山濤吏部郎三入承明身最忝十年兄弟分偏長喜聞
辭日留前席莫等多時住水鄉

寒食出城馬上偶作

欲報君親與願違今年寒食任芳非八音遏密因山後雙
淚滂沱拜墓歸艷冶堯花迎馬笑輕狂榆莢撲人飛宦途
時態更諳盡猶愧妨賢直紫微

病中書事上集賢錢侍郎五首

力疾奉朝謁歸來倦送迎老爲儒術誤瘦愛道裝輕羅藥
幽香散移琴細韻生晨餐漸有味筍蕨倍關情
妻兒慣蔬素僕馬任龍鍾一榻渾無物孤琴對病容風翻
簾影亂旱滅井痕重幽寂誰爲伴扶行賴瘦節
食貧當歲旱朝退只端憂典笏逢休假焚香願有秋病饑
渾厭肉瘦冷未更裘夢見山村興披蓑釣亂流
郎署領制誥十年未上坡馮唐空潦倒衛綰是誰何猶賴
紫垣直聊遮白髮多歸田未有計村樹綠婆娑
日日奉朝請病多仍食貧揶揄應有鬼夷俟豈無人鳳閣
十年筆烏紗九陌塵集仙知已在應爲指迷律

賃宅

老病形容日日衰十年賃宅住京師閣棲鳳鳥容三入巢
宿鷦鷯欠一枝壁挂圖書多不久砌栽蘆葦亦頻移人生
榮賤須知分會買茅庵映槿籬

青猿

小僕如猿狖貧家備指呼未堪隨馬足已慣典魚須時洗
塵侵硯閑收雨滴圖歸田如有計留負酒胡盧

寓直偶題

雨朝書命媿無才謾逐詞臣侍玉階病似相如多避事拙
於方朔少詼諧命奇只合先休退道在何妨更卷懷白首
猶期議封禪一隨鑾輅見燔柴

頃年謫官解梁收得令狐補闕毛詩音義其本乃

會昌三年所寫數行殘缺後人添之其筆跡乃工部畢所補也昨因侍郎問之乃云亡失多年矣作四韻以還之

謫宦山州自訓童因求書籍有遭逢偶收毛鄭古詩義認得歐虞舊筆蹤南郡携行心不足此本自解梁徵迴便合納上尋值侍郎入聖上幕府不敢私謁遂携去滁揚二州西齋送去手親封塵侵煙染尤堪重年號標題歷武宗

伏日偶作

移床拖簟就南軒門掩閑坊半樹蟬多病形容唯有骨食貧生計旋無錢掖垣已忝年深直朝謁終妨日晏眠會解綸闈求郡印早收餘俸卜歸田

和吏部薛員外見寄

棖也好剛多悔吝唯憑忠信自書紳嚴陵知退遺榮利只擬滄浪把釣綸老去趂朝慵待旦病來求假動經旬西垣興味更諳盡一片烏紗滿馬塵

贈客直張諫議與予結婚

先皇憂蜀輟樞臣獨冒兵戈出劍門萬里辭家堪下淚四年歸闕似還魂弟兄齒序元投分兒女親情又結婚且喜相逢開口笑甘陳功業不須論

寄狀元孫學士何

久居臺閣多憂畏欲薦賢才涉比周灰死寸心甘不動雪侵雙鬢未能休封章事寖空騰謗制誥詞荒益自羞唯愛

君家棣華牓登科記上並龍頭

送譚殿院之任南陽

大底人生樂故居山川沉復漢南都別来墓墳有宿草歸去田園多緑蕪銀印莫羞雙鬢白錦衣無照兩輜朱西垣衰病無憀客空羡此行歌袴襦

送河陽任長官

宰君行李苦蕭踈妻子龍鍾尚跨驢醉眼且看花滿縣愁顔莫望果盈車頭銜新換呼明府科第元髙得校書誰解吟詩送行色茂陵多病老相如

和屯田楊郎中同年留别之什

科名長恐辱同年許國丹誠皎日懸謬掌斯文雖未喪欲

行吾道卧無權謝公留滯蒼苔院潘岳征行落葉天引重力輕深自媿强訓詩什益凄然予嘗舉奏屯田未有恩旨

送臨清楊可主簿入蜀楊父為諸司使祖有贈官及第授官後以父命歸拜祖墳焚所贈誥

脫白去焚黃遙知祖德光墳墓喬木老襟袖桂枝香迴見梅含雪歸逢橘飽霜子雲應有宅為奠草玄堂

送淳于中舍懸車侍養

懸車東去謝明朝擺脫簪纓似一毛望苑官清諧侍養督郵名賤恥徒勞青宮位在他年起綵服身歸此日高我媿無親尸厚祿與君書命淚霑袍君授萊州錄事乞致仕

送正言楊學士億之任縉雲

弱冠班朝簪才堪直翰林重違君厚遇聊奉母歡心筆削
留惇史囊裝貯賜金帆張淛河闊山對括蒼深暫歇趨朝
馬重聞故國禽幽蘭南澗採壽酒北堂斟務簡慵開閤家
豐不與琴綵衣方侍養紅藥即供吟我占掖垣久自驚年
鬢侵妨賢兼罔極相送淚盈襟

送第三人朱嚴先輩從事和州

賃船東下歷陽湖牓眼科名釋褐初賓職不憂無厚俸郡
齋唯喜有藏書錢侯聚書尤多伴吟先買秋江鶴醒酒時烹晚市
魚廉使多情應問我為言衰病似相如

送南陽李太傅二首

兩朝黃閣預彌綸又策春坊第一勳僧塔舊題前進士齋

壇新拜上將軍馬啣金勒衝微雪鴈避紅旌入斷雲還似

徐州張僕射御詩相送四方聞

紅旆飄飄奪曉霞御筵相送出京華仲尼俎豆真儒者郤穀詩書屬將家腰下已懸如斗印門前看見築堤沙先朝學士期牽復待草南陽入相麻

壽孫三日

經年病不飲此日一開樽鑑裏休嫌老懷中已抱孫紅襉裁錦叚香水入銀盆他日歸田去相扶入華門

宋王黃州小畜集卷第十一 校

吾研齋補鈔本校

五

宋王黃州小畜集卷第十二目錄

宋刻此卷起

謌行

□□□□□謝宣賜御草書急就章并朱邸舊集謌

應制皇帝親試貢士謌

謝政事王侍郎伏日送氷

酬贈田舍人

對雪示嘉祐

送姚著作之任宣城

送晁監丞赴婺州關市之役

還揚州許書記家集

酬處才上人

和張校書吳縣廳前冬日雙開牡丹

和馮中允爐邊偶作

賦得南山行送馮中允之辛谷治按獄

鳥啄瘡驢謌

無此二行

連前目錄

吾皇提行

宋王黃州小畜集卷第十五

詩何

謝宣賜御草書急就章并朱邸舊集詩

臣聞伏羲畫卦樸且淳蒼頡造字初有文大篆小篆八分
體楷隸章草何紛紜因此八法各有要遂使六藝區以分
其中最難惟草聖立妙功夫自天性又聞關雎本王化四
始洋洋風化下比興賦頌六義分乃有變風兼變雅仲尼
刪後屈平作郢客李陵鬬名價古來詩道難得人其唱彌
高和彌寡如今草聖與雅言盡在吾皇萬機暇元年十月
近乾明崇文院靜寒霜晴直廬日午讎書罷閑曳朱衣遶
砌行中使傳宣來上界忙把魚頭下堦拜寶函鈿軸光陸

御札提行

離御札文書御製詩折腰搢笏拭雙目汗流魄駭聊一窺
急就章何縱橫藍田種玉苗初成雪花灑破煙嵐壁黑雲
漏出天漢星乍似鮫人泣下珠無數錯落晶熒滿盤貯又
似大鯨吞盡滄海波查牙露出珊瑚樹朱邸集何清奇仙
風撼動瓊林枝漢皇休道白雲句穆滿虛吟黃竹詩乍似
三春直上伯陽臺熙熙物華當眼開又似十洲夜伴王母
宴鸞歌鳳吟次第來小臣再拜授一軸擣紙抄詩抄未足
焚香朝向天日看執簡夜對星辰讀臣見高宗飛帛亦有
名筆跡往往頒公卿所得不過三五字當時臣子猶為榮
又見玄宗詩什頗留意吟詠時時成御製屬和止于一兩
篇至今史冊猶為貴若徵往事此明時萬分之一徒爾為

未如我四十三紙聖人作一百二章天子詩永為家寶藏
書篋豈讓西方貝多葉且教世世傳子孫長與皇家作臣
妾

應制皇帝親試貢士詞

天王出震寰海清奎星爍爍昭文明詔令郡國多貢士大
張珠網羅群英皇情孜孜終不倦日斜猶御金鑾殿宮柳
低籠三月煙爐香飛入千人硯麻衣皎皎光如雪一重瞳
親鑒別孤寒得路荷君恩聚首唯言盡臣節小臣踪跡本
塵泥登科曾賦御前題屈指方經五六載如今已上青雲
梯位列諫官無一語自問將何報明主應制非才但淚垂
强作登詞詞舜禹

謝政事王侍郎伏日送氷

火雲如山暑雨歇天地爐烘三伏月玉皇敎散閬苑氷斵開北陸瓊瑰窟峨峩貯向瑤花合分命中官賜黃閣鳳皇池上玉壺盛溫樹風聲頓蕭颼台恩分與西垣士綸誥稀踈方假寐卞和抱璞入直廬從此驚忙不成聽怒蠅休向筆端飛抵鵲渾疑山下墜寒生毛髮清牙齒脆若玉芝甘似醴炎風暑氣都不知空作狂歌謝知已

酬贈田舍人

君不見天上星辰拱環極忽然隕地變成石又不見雲中鷹隼橫高秋有時榻翼化作鳩人生進退甚類此左遷右轉誰自由憶昔逢君在鄒魯翰林丈人東道主一言得意

便定交數日論文暗相許邇來倏忽十餘年共上赤霄連
步武禁中更直承明廬深喜蒹葭依玉樹兩制惟君最清
慎筆力辭鋒有餘刃方期夜直金鑾坡誰知共理淮陽郡
官銜新換版曹郎腰佩初懸列侯印西垣三字班列閑南
面百城資望峻且應盡意頒詔條豈復迴頭顧文陣下車
果有謳謠生賣刀買犢民歸耕黃髮老農鼓腹唱雪花雙
鹿挾輈行棠陰露濃滴朱紱麥秋風泠吹紅旌行春多暇
吟情發閑作長歌寄同列歌中首寫明君語指點神仙為
舊侶嚴徐雖合在蓬瀛邵杜已聞為父母重來便恐調金
鉉無復區區掌文翰直如經歲未徵黃道在何勞重嗟嘆
入則步蒼苔詠紅藥了事舍人孫處約出則張皂蓋擁朱

輪賢明太守召信臣請君屈指數交友似此官名能幾人逢時誰不欲行道遇主我亦思庇民功名富貴皆待命出處語默聊衛身一車甘雨方建隼萬國淳風莫泣麟他時宣室召賈誼賢人事業當併伸未閒(間)忍見烏兎走鑑裏星星將白首休躭鈴閣家藏書且酌郡齋官給酒嬰兒稚女滿眼前莫負時光笑開口

對雪示嘉祐

去年看雪在商州使君命我山寺頭峰巒草樹(樹)六百里饑鷹凍鳥聲啾啾山城窮陋無妓樂何以銷得騷人愁抱缾自寫不待勸乘興一引連十甌晚歸上馬頗自適狂吟醉舞夜不休今年看雪在帝里瑤臺瓊樹(樹)佳氣浮朝迴攬轡

聊四望移下五城十二樓樽中有酒麴不飲鬱鬱不快非怨尤吾兒嬌騃未曉事問我胡不私獻酬因令把筆寫我意為渠吟作雪中謳昔為副使不理事待罪且免憂人憂今為諫官非冗長拾遺三館俸入優秋来連澍百日雨禾黍漂溺多不收如今行潦占南畝農夫失望無來麰爾看門外餓。餓者往往殭踣塡渠溝峩冠旅進又旅退曾無一事裨皇猷俸錢一月數家賦朝衣一襲幾人裘安邊不學趙充國富民不作田千秋胡為碌碌事文筆歌詞時頌聖如俳優一家衣食仰在我縱得飽煖如狗偷况我眼昏頭衘白安能隱几勤校讎何時提汝歸田去賣馬可易數隻牛深耕淺種苟自給藜羹豆粥充饑。喉黍畦鋤理學元亮瓜

皇家提行
吾君提行

田澆灌師秦侯素餐免作疲人蠹開卷免對古人羞未行此志吾戚戚對酒不飲抑有由斯言不敢向人道語爾小子為貽謀

送姚著作之任宣城

平生聞說宣城郡水石幽奇人物俊檻外澄江練不收窗中遠岫眉初印六朝繁盛至隋唐才人名士遥相望謝公向此憑熊軾白傳曾為鹿鳴客江樓山寺多賦詩往往題名在僧壁皇家早歲平吳後翰林賈公為太守至今清話玉堂中夸詫江山不離口吾君御極初選藝東樞貳卿新擢第解褐曾縻佐郡官首得宣城為歷試紫微田郎次登科東樞受代傳廳事第三牓中第二人今在烏臺為察視

邇來通倅少名流雲泉竹樹應包羞今春忽命姚著作學術縱橫才磊落當年雄揖第三名官途迍邅久漂泊去歲獻文重召試新恩始上芸香閣未教修史未演綸宣城奉使聊親民且忻彩服得就養莫歎朱衣未即真舊遊應有交朋在此去仍言婚宦新下車布政民休休高吟淺酌誰獻酬夜深紅燭在何處綺霞閣通疊嶂樓公權書札燕許詞未免山僧乞撰碑撰碑書碑即三載眼看徵詔在丹墀却愁未盡江南興閑坐蓬瀛揮玉柄黃樞侍臣兩制官待君同說宣城景

送晁監丞赴婺州關市之役

關征市賦靡賢俊誰愛此官爲吏隱將作晁丞于役時婺

女星臨海邊郡黃絹辭高位尚畀白華行潔身猶困會待時來即併伸也知道在終無悶君不見路隨含笑坐市中屈身豈愧丹陽尹又不見張生狂醉戀楊州冬瓜堰下甘肥遁此行況是奉皇華數丈軽舠載一家攜餅下岸買竹葉挂席背風穿蓼花霜晴震澤初嘗橘泉過惠山應試茶虎谿曉雲靈隱雪錢塘夜潮照湖月客排詩景在途中旋吟新句教兒童漸近金華見隼旟五馬來迎使者車應知驥足蹔拘絆八詠樓開頻啟宴醉中官妓乞歌(詞)詩剡谿紙貴抄新詞他年誰獻子虛賦召入金門五雲路因思元白在江東不似晁丞今獨步

還揚州許書記家集 許渾孫進家集得官

聖朝提行

聖主提行

君不見近代詩家流胡爲蹇滯多窮愁孟郊顚頷死逆旅浪仙斥逐長江頭張生漂泊冬瓜堰徒云輊薄萬户侯浩然無成鹿門去李洞慟哭昭陵休生無風教興王化死無勳爵貽孫謀可憐詩道日已替風騷委地何人收高陽許公精六義獨向聖朝生後嗣因將先集進九重高步金臺曳珠履祖德光輝聖主知府尹賢明丞相子時維揚權牧即故中令薛相之子廣陵郡大古九州記室官清外三字遂令天下學詩人徒羨君家窮四始我來迎侍遊江都玳筵往往陪歡娛遂求家集悠吟諷海波乾處堆珊瑚因思賈孟數家一何苦詩鬼嗷嗷餒無主子孫淪沒誰及君閑倚紅蓮傾渌醑草檄餘閑好詩賦莫放風情忝爾祖

酬處才上人

我聞三代淳且質四人熙熙誰信佛茹蔬剃髮在西戎胡
法不敢干華風周家子孫何不肖奢淫僭亂隳王道秦皇
漢帝又雜霸只以威刑取天下蒼生哀苦不自知從此中
國思變夷無端更作金人夢萬里迎來萬民重為君為相
猶歸依嗤嗤聾俗誰敢非若教却似周公時生民豈肯須
披緇可憐嗷嗷避征役半入金田不耕織君子之道動即
窮亦有賢達藏其中上人來自九華山叩門遺我瓊瑤編
錚錚五軸餘百篇定交仍以書為先書中不說經文中不
言佛有心直欲興文物感師自遠來相親為師畫卦成同
人出門无咎非群分袈裟墨綬何足云時為長洲令

和張校書吳縣廳前冬月雙開牡丹歌依韻

君不見年年三月千叢媚紫爛紅繁誇勝異尋常人戴滿頭歸醉折狂分不爲貴枝閑葉盡根空培人情皆待明年開化工自有呼魂術霜前喚下瓊瑤臺王母親將金粉傅麻姑齊借霓裳來主人蓋是神仙才不然此物胡爲而來哉二姬勸酒誰引滿長洲懶吏先舉杯多感同年與攀折吟詩欲謝難輕發青宮校書方遁跡代我作謌如錦拆他年吾輩功業成與君共作騎鯨客

和馮中允爐邊偶作

誰爲東君掌青律故將春日連人日春日雨絲暖融融人日雪花寒慄慄雨雪寒暖苦不同可比交情去就中仲咸

擁爐發歌詠古風激破澆漓風人情離合古來有召公初亦疑周公汾陽臨淮本讎隙一旦分兵若親戚四公翻覆人不識各各操心為邦國此外譸張多為己反掌背面如千里張耳陳餘不忍言魏其武安何足齒我愛中庸君子心心與人交淡如水別有人間勢利徒一去一就隨榮枯西漢董賢方佞倖孔光迎拜卑如奴是時楊雄在東觀投閣欲死無人扶有唐力士夫人死朝士執喪平聲如喪妣是時李白放江邊憔悴無人供酒錢小人之性何所似真如蜂蝶并螻蟻尋春逐臭苟朝昏豈顧松篁與蘭茝重君誓心一何極澗底松兮陵上栢澗松陵栢有朽時我約君心無改易

賦得南山行送馮中允之辛谷冶按獄

商山三月花如火草樹青葱雨初過柳條漸軟蝶雙飛桑葉尚多蠶一卧薄情野水流不迴無力春雲慵欲墮團團榆莢是誰拋漠漠游絲向人嚲可憐花木間嵐光花前正好飛觥觴馮君夙駕一何速捧檄銀玩按辛谷轉輪昨日又移文小吏訴牒何紛紜見說南山六百里踏盡馬蹄摧屐齒是何屈於不知已衡斗太阿教補履龍無尺水且蟠泥驥困鹽車但垂耳片言折獄亦胡為必也無訟方君子吾徒事業本稽古得行其志當刑措畫衣畫地免煩苛抵壁捐金返淳素未行此道且營營營營為祿聊代耕殘春小別不足念為君高唱南山行南山一月期迴首莫訴臨

岐數危酒

烏啄瘡驢詞

商山老烏何憸酷啄長於釘利於鏃拾蟲啄卵從爾為安得殘吾負瘡畜我從去歲謫商於行李惟存一蹇驢來登秦嶺又巉巗爲我馱背百卷書穿皮露脊痕連腹半年治療將平復老烏昨日忽下來啄破舊瘡取新肉驢號僕叫烏已飛劘觜整毛坐吾屋我驢我僕奈爾何悔不挾彈更張羅賴是商山多鷙鳥便問鄰家借秋鶻鐵爾拳兮鉤爾爪折烏頸兮食烏腦豈爲取爾饑腸飽亦與瘡驢復讎了

宋王黃州小畜集卷第十二

九葉 校

還書之日代校一卷 四月十日蕘夫

宋王黄州小畜集卷第十三目錄

謌行

訓安秘丞謌詩集

□□□□□訓安秘丞見贈長謌

拍板謡

對酒吟

戰城南

苦熱行

瑞蓮謌

筵上狂謌送侍棊衣襖天使

還楊遂蜀中集

啄木謌

秋鷺謌

江豚謌

連前目錄

宋王黃州小畜集卷第十五

謌行

□□□□訓安祕丞謌詩集

我聞天有二十八箇星降生下界為英靈東方曼倩蕭相國至今留得終天名又聞地有三十六所洞洞中多聚神仙衆神仙負過遭譴謫謫來人世為辭客李白王維并杜甫詩顛酒狂振寰宇今來相去千百年寥落乾坤閴無覩皇天何不生奇人庸兒惷夫空紛紛夜眠朝走不覺老飯囊酒甕奚足云陶邱忽見安祕書星精仙骨真有餘月中曾折最高桂趂出玉兎驚蟾蜍示我歌詩百餘首筆鋒閃閃摩星斗乍侶碧落長拖萬丈虹飲竭四海波瀾空又似

赤晴乾撒一陣雹打折瓊林枝倒卓夜來夢見李長吉叩頭再拜須來乞自言失却照海珠至今黑坐驪龍窟方知安侯不是星辰類即是神仙輩不然又爭得標格峻邁文辭顛恠有時醉起一長噫叶韻八極風清鬼神駭他年却入蓬萊宮休使麻姑更爬背

詶安祕丞見贈長詩

我聞進士登科換凡骨信知不是風塵物貢籍有來數百年直疑空却神仙窟其間最貴龍虎牓乘時得路為卿相一從巢寇犯闕來梁叶氏禮闈還草創莊宗明崇雖膺命晉朝漢朝俱不永其中縱得神仙材太平不見哀之哉上玄應恐天地閑安仙又謫來人寰二十把筆疏辭源黃河傾

皇宋提行

落崑崙山有周道衰猶歎鳳天公留得歸皇宋天水夕郎
掌貢時禹門萬仞連雲聳不是真龍不能過嗔彼怒浪澆
雷火是歲北極七箇星一時下降為門生安仙堂堂冠其
首六星煌煌願隨後騶虞賦就鏗金石丹水詩成摛錦繡
玉皇殿前受恩渥一時命入芙蓉幕獨得歸州近巫峽十
二晴峰長在睫郡齋狂醉復狂吟書盡巴東一川葉邇來
遊宦五六年吳山越水供新編還同白傅蘇杭日歌詩落
筆人爭傳去年始上芸香閣出典陶邱滯鋒鍔阮籍營中
浮蟻馨亞夫門外垂楊弱驥足雖知暫縻絆樽前未始長
嗟歎只應會得老聃言大器本來成較晚吾君正是興文
教不日徵歸掌綸誥醉挨雉扇掃宮辭怒上螭頭呈諫草

筆下追還三代風祛盡澆漓成古道丈夫方見無濟才莫學西山採薇老我今自是蓬蒿身如何一見如故人長歌調謂我相翦飾便疑平地升青雲文章難得逢知已知已相逢貴終始伊我行止方悽悽老親稚子相顧啼出門動足岐岐路迷得君引上登天梯

拍板謠

麻姑親採扶桑木鏤脆排焦其數六雙成捧立王母前曾按瑤池白雲曲幾時流落來人間梨園部中齊管絃管絃才動我能應知音審樂功何全吳宮女兒手如筍執向玳筵為樂準數聲慢仙人屐齒下雲棧老狐臘月渡黃河緩步輕輕踏冰片數聲急空江雹打漁翁笠鮫人泣對水精

盤滿把珠璣連瀉入劃然一聲送曲徹由基射透七重札
金罍冷落閒無聞隴頭凍把泉聲絕律呂與我數自齊絲
竹望我為宗師總驅節奏在術內歌舞之人無我欺所以
唐相牛僧孺爲文命之爲樂句

對酒吟

勸君莫把青銅照一瞬浮生何足道麻姑又採東海桑閬
苑宮中養蠶老任是唐虞與姬孔蕭蕭寒草埋狐塚我恐
自古賢愚骨疊過北邙高突兀少年對酒且為娛幾日樽
前垂白髮安得滄溟盡為酒滔滔傾入愁人口從他一醉
千百年六轡蒼龍任犇走男兒得志升青雲須教利澤施
於民窮來高枕臥白屋蕙帶藜羹還自足功名富貴不由

人休學唐衢放聲哭

戰城南

邊城草樹春無花秦骸漢骨埋黃沙陣雲凝着不肯散胡雛夜夜空吹笳我聞秦築萬里城疊屍壘土愁雲平又聞漢發五道兵祁連澤北誇橫行破除壐綬因胡亥始知禍起蕭牆內耗蠹中原過太半黃金買酎諸侯叛直饒侵到木葉山爭似垂衣施廟算大漠由來生醜虜見日設拜尊中土自古控御全在仁何必窮兵兼黷武戰城南年來春草何纖纖窮荒近日恩信霑寒巉凍岫青如藍方知中國有聖人塞垣自爾除妖氛河隍父老何忻忻受降城外重耕耘

二行皆廿三字

宋刻序亦頂格

苦熱行

六龍銜火燒寰宇魏王冰井如湯煮松枝桂葉凝若癡喘殺谿頭嘯風虎北溟鎔却萬丈冰千斤凍鼠忙如蒸我聞胡土長飛雪此時日曬地皮裂仙芝瑶草不敢茁湘川竹焦琅玕折西郊雲好雨不垂堆青疊碧徒爾為

瑞蓮歌詞并序

宴設都頭宋承武其先嘗爲黃州刺史有別墅在關城東南池生瑞蓮承武來告因與從事曾校書泛小舟以驗之退而作歌詞以紀其事

江城五月江雨晴荷花到處紅交橫宋家池上瑞蓮生嫋嫋出叢抽一莖莖端菡萏開兩朵忽似娥皇將女英九疑

吾君提行

先皇
太宗提行

望斷蒼梧暮低頭並照湘波清花落蓮成碧於卵瑟瑟塵輕熨人眼蕭郎弄玉合巹時一齊覆下瑠璃盞草木效靈載圖史守臣盡可聞天子吾君有詔抑祥瑞異獸珍禽不爲貴瑞蓮無路達冕旒也隨衆卉老池頭吏民歸美賀郡守敢貪天功爲已有古來善政數杜詩桑無附枝麥兩岐瑞蓮信美産茲土起予謾作閑歌辭年年更願再熟稻倉箱免使吾民饑

筵上狂歌送侍棊衣襖天使

昔事先皇叨近侍北門西掖清華地太宗多材復多藝萬機餘暇翻棊勢對面千里為第一獨飛天蛾爲第二第三海底取明珠三陣堂堂皆御製中使宣來示近臣天機祕

儘　歧　謌　饑

抄本儘

先皇提行

吾皇 先朝 提行

先皇提行

容通鬼神乃知棊法同軍法旣誡貪心又嫌怯唯宜靜勝守封疆不樂窮兵用戈甲 先皇三勢有深旨豈獨一枰而已矣當時受賜感君恩藏於篋笥傳子孫至道年中出滁上失脚青雲空悵望移典維揚日望還軒轅鼎成飛上天龍髯忽斷攀不得舊朝衣上淚潺湲 吾皇曲念 先朝物徵歸再掌西垣筆悲涼忽見紅藥開哭臨空隨梓宮出去年領郡得齊安山州僻陋在江干黃民誰識舊學士白頭猶作老郎官昨日江邊天使到隨例霑恩着衣襖皇華本是江南客久侍 先皇對棊奕筵中偶說當年事三勢分明皆記得我從失職別上臺御書深鏁不將來遙想棊圖在私室天香散盡空塵埃今日因君聊話及翻作停杯向隅泣

人生不易逢聖朝君恩未報雙鬢凋金鑾殿花春灼灼永熙陵樹夜蕭蕭空歎拖腸在泥土不如舐鼎升煙霄多病相如猶未死追思往事欲魂銷星使令辰廻馬首强對離筵滿傾酒悲歌一曲從事書唱與朝中舊知友

還楊遂蜀中集

上玄茫昧胡爲乎設施吾道生吾徒否多泰少是天意生有述作死不虛聖人憂患方演易賢者窮愁始著書晝令富貴陷逸樂蠢蠢戢戢如鷄豬泯然無物作時瑞誰識鳳皇與騶虞經史子集燦今古粉繪帝道張皇謨一言可采即不朽名姓長與日月俱乃知天心厚我輩窮辱不足形悲吁夫君擢秀在江左國小而逼何區區科名始得值兵

火金陵坐見成邱墟歸朝纔得一贊善黜降重爲縣大夫
彰明僻遠在蜀道又遇妖賊攻成都徒行抱印入隴氐乞
食夷落何崎嶇歸來朝貴作主簿朱衣暗澹鬢毛踈昨朝
投我蜀中作錚鏦一集如瓊琚杜甫奔竄吟不輟庾信悲
哀情有餘我逢
聖代自多難謾誇三入承明廬近令編綴
小畜集謫官詩什何紛如才名官職不兩立真宰折刻分
毫銖郎官踈遠既未貴縣吏禮數不足拘相逢且說文章
樂爲君酌酒焚枯魚

啄木歌

淮南啄木大如鴟頂似仙鶴堆丹砂觜長數寸勁如鐵丁
丁亂鑿乾枯查黃柑紅桃多有蠹受命鳳皇須破柱何當

更與繡衣裳羽族横飛作持斧

秋鷺謌

淮南八月尚有鶯關關無異來時聲東風撞舉如篁舌何事經秋猶未絶饑鸞病鶴亦能鳴鳳鳥不聽何處說

江豚謌

江豚江豚爾何物吐浪噴波身突兀依憑風水恣豨豪吞啗魚鰕頗肥腯肉腥骨硬難登俎雖有網羅嫌不取江雲漠漠江雨來天意爲霖不忓汝俗云豚出則有風

宋王黃州小畜集卷第十三

前空一行

宋刻本校 七葉

無小注

宋王黄州小畜集卷第十四目録

雜文

□□□□□唐河店嫗傳

滁州五伯馬進傳

有巢氏碑

記孝

記蜂

記馬

録海人書

後序

并誥

連前目錄

雜文

□□□□唐河店嫗傳

唐河店南距常山郡七里因河爲名平時虜至店飲食遊息不以爲恠兵興已來始防捍之然亦未甚懼端拱中有嫗獨止店上會一虜至繫馬於(于)門持弓矢坐定呵嫗汲水嫗持綆缶趨井懸而復止因胡語呼虜爲王且告虜曰綆短不能及也嫗老力憊王可自取之虜因系(繫)綆弓杪俯而汲焉嫗自後推虜墮井跨馬詣郡馬之介甲具焉鞍之後復懸一彘首常山民吏觀而壯之噫國之備塞多用邊兵葢有以也以其習戰鬭而不畏懦矣一嫗尚爾其人可知

也近世邊郡騎兵之勇者在上谷曰靜塞在雄州曰驍捷在常山曰廳子是皆習干戈戰鬭而不畏懦者也聞虜之至或父母轡馬妻子取弓矢至有不俟甲冑而進者頃年胡馬南下不過上谷者久之以靜塞騎兵之勇也會邊將取靜塞馬分隸帳下以自衛故上谷不守今驍捷廳子之號尚存而兵不甚衆雖加召募邊人不應何也葢選歸上都離失鄉土故也又月給微薄或不能充所賜介冑鞍馬皆脆弱羸瘠不足禦胡其堅利壯健者悉爲上軍所取及其赴敵則此輩身先宜其不樂爲也誠能定其軍使有鄉土之戀厚其給使得衣食之足復賜以堅甲健馬則何敵不破如是得邊兵一萬可敵客軍五萬矣謀人之國者不

扑

於此而留心吾未見其忠也故因一嫗之勇總錄邊事貽於有位者云

滁州五伯馬進傳

進隸滁州軍籍又爲五伯三世矣進之子生而無左臂若髠截然人以爲世主杖笞多納財利而高下其心輕重其手天譴之爾嗚呼鞭作官刑朴作教刑則鞭朴者帝王之典也可不愼乎今之杖刑非古也古者示恥而已故有蒲鞭而誡者有束杖而治者雖然上失其道民散久矣非刑不足以驅人之善也既不得已而用之其可以喜怒財貨易其心乎彼五伯賤隸也刑不自口出但以重輕不平而天譴若是況執天下之刑者邪吾見世祿之家子孫替

墜殘癃疾廢者有之爲人僕妾者有之饑寒道路者有之豈止用刑之濫也其諂主忌賢剝民固寵斯天譴之大者矣作馬進傳以自誡云

有巢氏碑

我承天命作民之帝生而不號死而無謚居民以巢因得爲氏我先伏羲卦象未畫大壯之說我民不知憑高就樹作巢之基橫蓊蔽空啟扉向風踈不為拙密不為工晨翔暮棲與禽鳥同弗罟弗綱壽其考終比（讀如比屋之比）巢熙熙若居天宮無何後主上棟下宇萌以堂奥衞其庭户鳩繩聚墨迴廊合廡痛乎我巢悄焉無覩猶賴伊耆儉於一時樣不用斲堦無翦茨舜禹善嗣宮室孔卑不壯不麗民其歌

之至於周公攝政於姬明堂辟雍有威有儀亦克用乂人罔知疲降及後世風俗澆漓窮奢極侈蔓延而滋瑤臺瓊室夏商禍基章華粃楚忽焉空土姑蘇麗吳閴然荒墟阿房侈秦以荆以綦未央奢劉為壠為邱秦漢之下土木孔修霜斧雪斤千雕萬鏤金凝碧融簷架甍鈎窻綺暈透壁椒氣浮民力欲死工程不休惟競壯觀熟知衆叛刑以三夷賦收太半門門出租室室思亂一家百楹束手而散追思巢居如捫天漢於戲太古之君居民以巢非君之巢惟民之巢故民不勞後世之主宅民以宇非民之宇惟君之宇故民罹苦何當仁君常念巢居上節宮觀下豐室廬縱不及於有巢亦庶幾堯乎舜乎大禹乎周公乎

記孝

占城大食之民歲航海而來賈於中國者多矣有父子同載至福州而喪其父者其子擗踊殞咽水漿不入於口者三日過是始汲泉於江瀆糠籺而食之廬於墓側三年徒跣既終喪行有日矣又遶墳號慕幾乎絕者數四然後登舟而去嗚呼三年之喪天下之通制自天子至於庶人一也是以高宗諒闇三年不言又夫子曰何必高宗古之王者皆然也漢代以來始有以日易月之禮至於人臣亦用金革之說皆非古也古者大臣有喪三年不呼其門故閔子腰經從公春秋謂君使之非也素冠之詩疾之已甚近代以來喪禮尤廢而蠻陬之人獨能盡禮豈教之也哉所

謂中國無禮樂則求之四夷非虛語也進士池文質閩人也目覩其事為予説云

記蜂

商於兎和寺多蜂寺僧為予言之事甚具予因問蜂之有王其狀何若曰其色青蒼差大於常蜂也問胡以服其衆曰王無毒不識其它問王之所處曰窠之始營必造一臺其大如栗俗謂之王臺王居其上且生子於中或三或五不常其數王之子盡復爲王矣歲分其族而去山甿患蜂之分也以棘刺關於王臺則王之子盡死而蜂不析矣又曰蜂之分也或團如罌或鋪如扇擁其王而去王之所在蜂不敗螫失其王則潰亂不可嚮邇凡取其蜜不可多多

則蜂饑而不蓄又不可少少則蜂惰而不作子愛其王之無毒似以德而王者又愛其王之子盡復為王似一姓一君上下有定分者也又愛其王之所在蜂不敢螫似法令之明也又愛其取之得中似什一而稅也至於刺王之臺使絕其息不仁之甚矣故總而記云

記馬

今諫議大夫東莞臧公丙予之執友也其先人事故魏王符公彥卿諫議亦頗熟王之家事為予言王之在鄴也多畜名馬其牝亦有良者為之息種歲擇健馬以配之往往得駿骨居一歲有牝產子與他駒特異者既壯圉人將以合其母當孳尾之月出而示之見其所生卒無欣合之態

將强之則蹄齧不可嚮邇圉人復曰以是駒配是母幸而騮（俚談以牡馬爲騮牡馬爲騍）其駿必倍不幸而騍又獲其種明年將背靡之言（腐刑也俚言改馬也）不可失也乃以數牝馬誘之乘鮻作之勢以巾羃其目間而進其母旣已（句）徹巾然後曉其所生因垂耳俛首若不欲活者旁顧適有永巷（但取其巷之長也非謂宮中之）名修直百餘步巷際有閎閎（閎巷門也春秋傳曰輂而入于閎）扃鐍甚固葢常所不啟者遂哀鳴疾馳以首觸其鋪（平）如是者數踣而死嗚呼禮稱禽獸無禮故父子聚麀夫馬本獸也古聖人調伏而御之故曰伏牛乘馬是也是馬也獸其身而人其心乎圉人誘陷知恥而死於小人之心也遠矣圉人之心望於禽獸者又遠矣予嘗恨不目覩其事具弊帷以葬

之又懼其事久泯而不傳且欲警聲色狗馬之家與世之
内亂者故記

錄海人書

秦末有海島夷人上書諸闕者曰月日東海島夷人臣某
謹昧死再拜上書皇帝闕下臣世居海上盜魚鹽之利以
自給今秋乘潮放舟下岸漸遠無何疾飇忽作怒浪四起
飄然不自知其何往也經信宿風恬浪平天色晴霽倚桡
而望似聞洲島間有語笑聲乃疊棹而趨之至則有居人
百餘家垣籬廬舍具體而微亦小有耕墾處有曝背而偃
者有濯足而坐者有男子網釣魚鼈者有婦人采擷藥草
者熙熙然殆非人世之所能及也臣因問之有前揖而對

臣者則曰吾族本中國之人也天子使徐福求仙載而至此童男丱女即吾輩也夫徐福妖誕之人也知神仙之不可求也蓬萊之不可尋也至是而作終焉之計舟中之糧吾族播之歲亦得其利水中之物吾族捕之日亦充其腹又取洲中葩卉以芼之由是吾族延命而未死焉死則葬於此水矣生則育於此洲矣懷土之情亦已斷矣且不聞五嶺之戍長城之役阿房之勞也雖太半之賦三夷之刑其若我何且出食以餉臣明日臣登舟而迴復謂臣曰子能以吾族之事聞於天子乎使薄天下之賦休天下之兵息天下之役則萬民怡怡如吾族之所居也又何仙之求何壽之禱邪臣因漂遐方傳此異說非敢隱匿謹錄以聞

惟陛下詳覽焉

後序

此書獻時葢秦已亂而不得上達故史記闕焉余因收而録之以示於後

幷誥

惟四年王歸自剋并敷告并民作并誥王若曰惟天壽萬物罔厥私惟君克肖上帝宅兆民罔厥暴天大惟其辰星罔不拱人大惟其君邦罔不順不拱之謂亂天作沴不順之謂逆君行罰克先哲王奉承天休時惟有唐討厥丹浦時惟有虞征厥三苗在後世王克嗣二帝以征以討以正厥位惟台涼德荷天之寶命在厥躬祗慄危厲若濟巨

我先王提行
我有宋提行
有宋提行
我先帝俱提行
我祖提行
我先帝提行
先帝提行
我先帝提行

海而弗庸舟惟其溺我先王帝土建國十有八祀克用于
賢克修于兵乃僉乃勤乃慈乃仁德升于天天降祜我有
宋俾萬方奔我命惟巴蜀交廣湘潭吳越人罔敢弗率非
天私于有宋惟天輔我先帝之明德我先帝負天休命若
將不逮薦以太牢報功于天祀于圓邱嚴配我祖庶邦冢
君罔不助祭時惟有并悖我命不供厥職我先帝奉天行
誅問并之罪大勳未集用弃厥世天之歷數在予一人予
一人奉承先帝之令德以荷天永命乃繕於甲冑治予車
徒用輯我先帝之遺烈在并王元姦猾弗悛罪惡日稔毒
流於下民罔攸蘇國艱厥食督民先歲租至於牛馬羊豕
犬雞莫得蕃息民怨胥怨訴於皇天天鑒并民俾予弔予

曷敢咈天以速台罪仗順取逆并人率服惟并王元台亦宥厥辜俾即生獻俘太廟我先祖禰羣后咸覲以稱台德嗚呼并王元及道於天戾道於民非予咎汝汝實自喪於厥身凡厥并民悉聽朕言闢乃田廬脩乃耒耜復乃業無流蕩離析無若并元時予其子育汝汝率我化從我教我其賞慢我政違我道我其刑惟刑賞在台手勉從訓言罔或怠宋既尅并思偃武作休兵且將東巡狩於岱宗作告成休兵告成二篇皆亡

譯對

人有善道遠方之言可以合夷會戎交蠻接狄與中國之人市易而能不亂者其名曰譯或從而學之對曰吾譯之

者也以下宋刻闕一葉補鈔

小者也又何學焉夫譯易也大則能易其心小則易其語而已矣古者巢居穴處茹毛飲血無君臣父子夫婦長幼之制無道德仁義禮樂刑政之法蠢然而生仆然而斃當是時天下之人皆戎狄爾是以伏羲神農黃帝氏始善譯者也以皇道譯天下之人心故飲食衣服器械耒耜牛馬之用作焉少昊顓頊高辛唐虞又善譯者也以帝道譯天下之人心故君臣父子夫婦長幼之制行焉夏商周又善譯者也以王道譯天下之人心故道德仁義禮樂刑政之法興焉三代之下譯天下者或非其人故諸侯之善譯者以霸道譯之齊桓晉文譯霸之傑也秦不善譯者也天下之人幾復爲戎狄矣漢復譯之猶雜霸焉自漢而下譯道

多亂吾不復述也已噫古之譯天下者非已能之必有師焉力牧廣成皇之譯師也伊尹呂望王之譯師也管夷吾舅犯霸之譯師也蕭曹子房漢之譯師也總而言之周公孔子譯之最大者也天下之人師之矣子之學譯勿學譯之小者不過合華夷之語取商販之利爾當學周孔之道可以爲帝王師所謂譯之大者歟學者謝而退

書蝗

仲尼修春秋設凡例物爲災則書之不爲災則闕之蓋物之災祥繫君之善惡特取其爲災者以垂戒爾苟不爲災者亦書之則慮後之爲君者謂災不由德而由於數也斯聖人之微旨在焉故傳曰有蜚不爲災亦不書噫去聖漸

皇宋提行
上念提行
皇上提行
我后提行

遠詭誕爭起陰陽家流得以蔓其説使君天下者視天災時變不務德以禳之但委其數而已吁可悲也然則君有修德禦災轉禍爲福者苟滅而不書曷以儆後代是以堯水湯旱非不災也能以德禦之爾 皇宋嗣統之七載夏四月有飛蝗 上念粢盛稼穡之重則貶常膳避正寢徹宮懸眚災恤刑以赦天下曾未旬浹蝗死於野或曰 皇上以勤儉之德馴致太平無爲之風將有待也天其或者慮怠於理故用蝗以爲戒果能修德以禦之則 我后之德唐堯之德也宋景之退熒惑太宗之去蟲蝗得爲比邪儒臣不佞敢作書蝗一篇附於國史末非獨彰我朝之善亦欲垂後世之戒也

畫記

古者自天子至士皆有家廟祭祀其先以木爲神主示至敬也唐季以來爲人臣者此禮盡廢雖將相諸侯多祭於寢必圖其神影以事之淳化甲午歲某小子實罹大罰洛陽處士楊丹寫我顯考中允府君神采盡妙禮曰思其居處思其笑語思之不見則或形於夢夫夢者有時而神交不可常得矧其恍惚冥昧不能審諦乎未若約形取貌宛然如生歲時朔望拜起瞻仰以慰罔極之心祗肅覩之第不語爾嗚呼是丹有大造於吾家也復念吾家苦貧而無厚幣以餽丹欲丹亦好事者也從吾乞言吾以秉筆不文請俟服闋今大祥已竟可以鼓琴贈之斯文命曰畫記

前空一行

宋王黄州小畜集卷第十四

十葉 校

宋本

宋刻本校

吳郡沈紹仁校

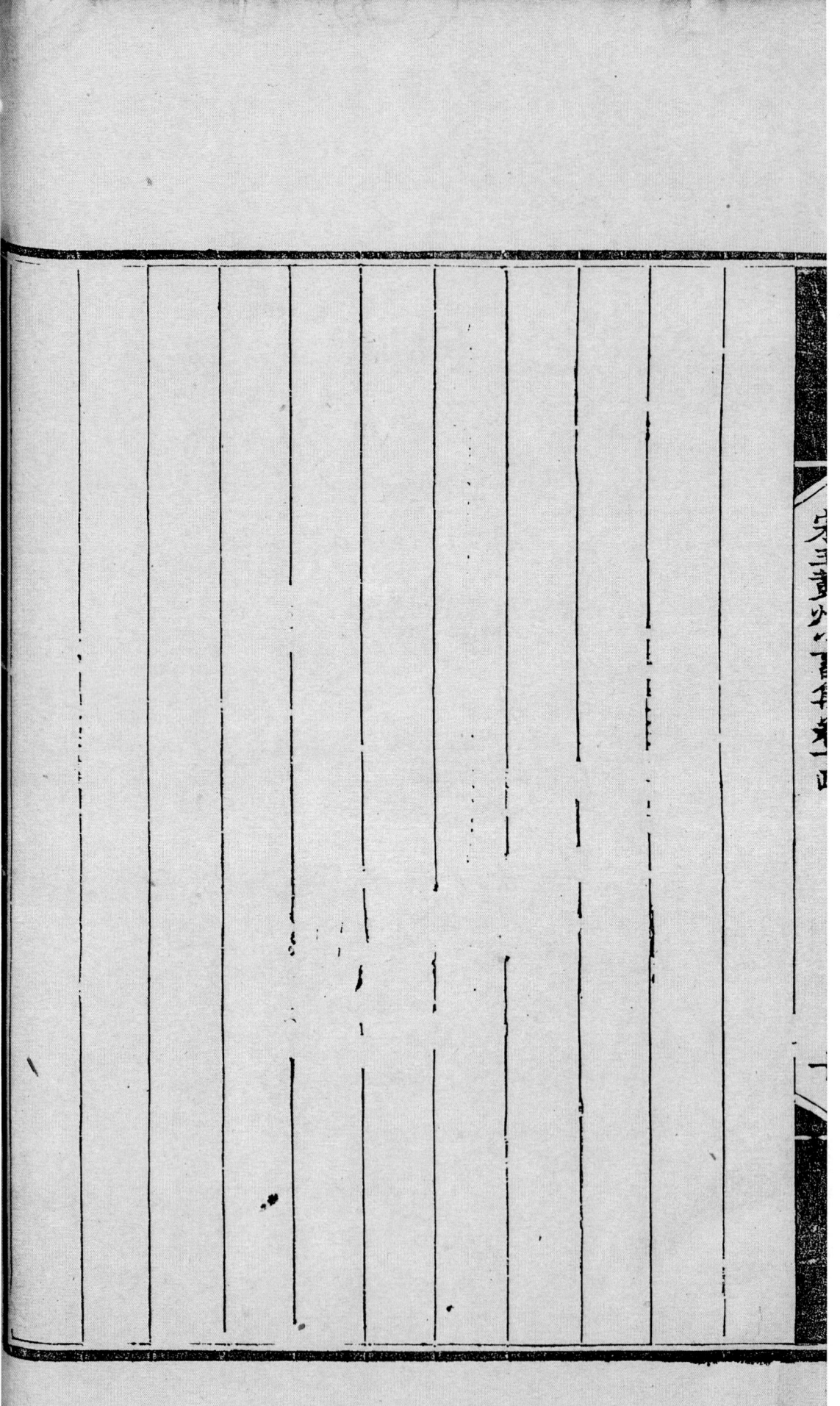

宋王黄州小畜集卷第十五目録

論

楊震論

連前目録

論

□□□□□霍光論

議者多以光受遺命輔少帝比之周公又以廢昌邑王立宣帝比之伊尹此功德相萬不待論辯而明矣又謂光之族也光已死罪在妻子不在於光愚獨以爲光自族其家非顯禹之罪也何者當宣帝時光以定策之功負震主之威人臣莫與爲比妻顯驕恣欲貴其女而酖許后事垂發矣妻以告光光不能於此時明大義滅親之道收顯下獄免冠請罪因上印綬還政事則所誅者唯顯一身而已嗚呼學不深心不明眷戀私恩猶豫不决奏免太醫以藏大

逆身死之後卒緣此而致禍非光自族其家而誰為之邪石碏一陪臣也殺其子而春秋義之吳起一將軍也劍其妻而史記壯之況居伊周之位者乎故曰能正其心然後能修其身修其身然後能齊其家齊其家然後能治其國光之心於斯見矣衛太子之死也天下寃之故大福歸於皇孫則宣帝之起天也當邴吉閉獄門拒使者武帝曰天使之然也然則光貪天之功以為已有與夫日磾之割愛邴吉之讓位德不侔矣且貪天之功者鮮不及也愚故曰光自族其家非顯禹之罪也

周刑論

予自幼服儒教味經術嘗不喜法家流少恩而深刻洎擢

第入官决斷民訟又會詔下為吏者皆明法令考績之日用是為殿最乃留意焉後以制誥舍人領廷尉朝夕閱視亦少詳矣然見其用刑與古相戾何者今法吏所禁之切者曰故出入人罪而已法皆以全罪論予讀家語始誅篇見仲尼為魯司寇戮亂法大夫少正卯於兩觀之前及數其罪則曰心逆而險行僻而堅言偽而辯學非而博順非而澤此五者有一於人則不免君子之誅以今之法治之正卯之罪無正科其在不應得而為乎罪當笞爾苟以聖人之法誅之是故入人之罪者也又有子訟父者同狴執之三月不别其父請止夫子赦之及季孫不悅乃歎之曰上失其道而殺其下非理也不教以孝而聽其獄是殺其

不辜以令法論之子訟父者死苟以聖人之法赦之是故出人之罪者也嗚呼古今之不同也如是遂使聖人之言為空文爾欲望刑措其可得乎

既往不咎論

仲尼之教應機而設語於一時流於千載千載之下君子學之乃可以為事業小人學之亦可以資姦佞明聖得之謂之稽古庸主得之因而飾非胡以言之所謂成事不說遂事不諫既往不咎是也原其斯言之始則魯君問社於宰我對曰夏后氏以松殷人以栢周人以栗因曰使民戰慄夫子疾其無稽故云欲其深慎之也後之人由儒術位於朝覲國家昏亂政教缺失不能扶救者率曰事已成矣

吾不説矣事已遂矣吾不諫矣且既往不咎聖人之旨也萬一有匪躬之士奮命而言者庸主又引以為拒亦如上之云云以至上安其危下稔其禍事卒不言言卒不听覆亡而後已也嗚呼世之鄙夫駕大車實重物人又息其上疾馳乎九折之坂旁觀者知其必覆也而不之告及輪摧轅折人墜而傷物傾而壞然後曰何若下其人損其物輕而進之無是若也聞之者怒而笞之可也謂其無益於事矣苟治其車升其人復其物又葺而馳復遇乎險如向之所謂九折者人有疾呼曰不下其人損其物車必如前之覆也聞之者謝而從之可也若又怒且笞曰子焉得言吾既往之事邪雖庸人不至是而為君臣有國家者反若是

歟且聖人立教於君臣之道最大其為誠誥固亦多矣不可畢數將引其尤著者以明之夫訓於君者不曰能自得師者王謂人莫已若者亡又不曰有言逆於汝心必求諸道有言遜於汝志必求諸非道爲君者胡不奉而行之獨曰既往不咎哉訓於臣者不曰進思盡忠退思補過又不曰有犯無隱見危致命爲臣者胡不踐而行之獨曰既往不咎哉是知聖人能立言不能使人從其言施之明君則爲政之師也施之庸主則飾非之資也用之君子則嘉言之本也用之小人則巧言之助也教之存亡在人而已予見漢成帝師張禹拜於床下問以災異而對以罕言命不語怪力是非盜聖人之語爲巧言之助邪王莽竊大位據

威斗南陽之師入矣猶曰天生德於予漢兵其如予何是非盜聖人之語爲而飾之資邪班固謂莽誦六經以文姦言權德輿謂亡西漢者張禹斯得之矣永惟成事不說遂事不諫既往不咎夫子誠宰我一時之言也爲君者爲臣者深志之

死喪速貧朽論

喪欲速貧死欲速朽者曾子子游皆曰聞諸夫子有若曰是非夫子之言也三子互有援引而禮經兩存之予爲論之所謂死欲速朽者夫子見宋桓魋自爲石槨三年不成故曰若是之靡也死不如速朽之愈也而有子以爲仲尼制中都四寸之棺五寸之槨以斯知不欲速朽也夫桓魋

僭侈為石棺以勞人夫子疾之甚也故云死不如速朽之愈也非謂死者皆欲其速朽爾故下文子游問喪具曰稱家之有亡又問曰有亡惡乎齊曰有毋過禮苟亡矣歛首足形還葬此可以明聖人之旨也及制中都四寸之棺五寸之椁欲有者毋過乎斯矣亡者不及此而不之非也且下載國高之言曰生有益於人死不害於人又曰葬者藏也藏也者欲人之弗得見也是故衣足以飾身棺周於椁椁周於棺土周於椁是也今桓魋為石椁三年不成可謂害於人矣故夫子云云易曰上古不封不樹喪期无數後代聖人易之棺椁夫子聖人也故中都有是者欲民之不踰也奚速朽之足論哉所謂喪欲速貧者夫子見南宮敬

叔反必載寶而朝乃曰若是之貨也喪不如速貧之愈也而有子以夫子失魯司寇將之荆先之以子夏又申之以冉有以斯知不欲速貧也且仲孫閱之喪位益由乎貪矣及其反也又載寶以朝夫子譏之故曰若是之貨也喪不如速貧之愈也且欲誡在位之貪者非謂喪者皆欲速貧爾及失魯司寇而將之荆蓋速於行道也非汲汲於祿仕者也是以中牟畔費畔召子皆欲往且曰如有用我者吾其為東周乎夫中牟費附庸也尚欲往焉况楚之大國乎苟能用夫子之道可以王矣苟至於王則民受其賜矣非謂貪乎祿者也奚速貧之足論哉三子親受聖人之教而各執聞見禮成於二戴又雜以漢之諸儒亦具存焉

蓋禮非褒貶之書也故予論而無譏

朋黨論

愚讀唐史見元和長慶之後至太和開成間贊皇奇章李涼公輩互爲朋黨文宗嘗謂近臣曰破河北賊甚易破此朋黨甚難言之不思一至於此夫朋黨之來遠矣自堯舜時有之八元八凱君子之黨也四凶族小人之黨也惟堯以德充化臻使不害政故兩存之惟舜以彰善明惡慮其亂教故兩辯之由玆而下君子常不勝於小人是以理少而亂多也夫君子直小人諛諛則順旨直則逆耳人君惡逆而好順故小人道長君子道消也書曰有言逆於汝心必求諸道有言遜於汝志必求諸非道君天下者能踐斯

言而行之則朋黨辯矣又何難於破賊哉且奇章全德而不免竄逐贊皇忌刻逢吉傾巧而終至大位又誰咎哉又誰咎哉

霍王元軌傳論

高祖二十一子建成元吉為管蔡之行固不足徵也考其行事霍爲稱首然而史官謂韓王元嘉當代諸王莫能及者唯元軌抑其次焉予較其本末知霍王出元嘉之右故爲論云魏徵唐之名臣也稱王之賢能文皇唐之英主也服王之武藝且其居喪毀瘠有終身之戚奉先之孝也結劉玄平為布衣之交接士以禮也突厥來寇則開門偃旗致胡兵宵遁智也李嘉運之叛誅其首而不罪其衆仁也

王文瀿二子死父之難縣司抑而不申則遣使特行弔祭上章乞加旌表義也閑閤讀書責成於長馬善任使也國令徵封請收貿易之利則讓而不納識廉隅也噫向使登元良之位守宗廟之器則周之成康漢之文景未足多也惜哉天后之朝皇枝剪滅王雖罹竄黜卒以令終天之福善詎無驗乎元嘉狂悖起兵機事不密貽汚宮之禍取笑後代望於元軌不亦遠乎

李君羨傳論

貞觀中太白頻晝見太史曰女主昌又謠言當有女主武王者太宗深惡之時君羨已封武連郡公又為左武衛將軍在玄武門上因武官內宴作酒令各言其小字君羨自

稱五娘太宗以其封邑皆有武字又名合女主之讖愕然
忌之卒以謀反下詔誅焉噫太宗以聖文神武駕馭英雄
心腹推於人故人不疑矣賞罰當於人故人不怨矣至於
進功臣而詘宗室亦一代之眞王爾且其侯君集之反也
太宗自按之洎盡得其狀復謂羣臣曰往者國家未安君
集實展其力不忍致之於法吾將乞其性命公卿其許我
乎豈太宗厚君集而薄君羨邪蓋天文變於上人謠騰於
下雖聖人不能不疑懼矣懼而修德可也疑而行誅則有
陷於非罪者必矣然君羨匹夫之命不足道也洎武氏出
則太宗之德得無累乎故書曰疑謀勿成者為是也吾讀
唐史至是歎君羨之罹罪無狀而見誅惜文皇之用刑有

時而不中。因論以志之亦以為君臣之戒矣

鄭善果非正人論

史臣謂鄭善果幼事賢母長爲正人予以善果行事驗之
見史筆之失故為論云夫正人者臨難無苟免危邦不入
而已且善果之父隋朝大臣身死王事是以幼襲先人之
爵騶登方伯之位所宜見危致命奮不顧身光肯構之孝
心礪盡忠之臣節揚歿後之。稱立當世之功斯乃善果之
職然爾及隋祚陵夷江都弑逆受宇文化及之命苟民部
尚書之封辜負邦家汙辱祖考此豈見危致命之謂邪及
聊城之圍堅壁自守為亂常之賊立却敵之功以至流矢
及身髮膚不保獻俘受執面目何為此豈危邦不入之謂

構缺半邊

邪雖復數布郡條悉稱良吏蓋崔氏之力也善果何功之有焉予謂賢母之說則軻親孟母不足倫也正人之譽不亦虛乎王琮責之斯為當矣史官褒之毋（無）乃失直筆之謂邪

先君後臣論

衛鞅嘗事公叔痤（平）痤知其賢而未能用會痤病衛君親視之疾且問國計痤曰臣之家宰鞅可與謀國事臣死君必用之衛君不然其請痤曰卒不能用不如殺之無使逃他國而為衛之患既而復語鞅曰吾薦子於（于）君君不用子必矣吾請殺子子其逃之吾方先君後臣故也於戲凡為社稷之臣計安危之事者在任賢去不肖而已且鞅果賢

痤俱作座

也可固請用之果不肖也可固請殺之用則為國之寶殺則去國之蠹烏有始請用中請殺而終使逃者得為忠乎且先君後臣之説非無稽之言乎司馬子長修史記至是而不言其之非豈史筆之有私邪將史才之未至邪予恐後之為人臣計國事者復履其跡因論以明之

楊震論

袁宏作後漢紀為楊震立論且引紂之三仁以為蘧甯悅箕子之心叔孫通行微子之趣楊震守比干之志又謂三者誠有異同亦各盡天人之理也雖是震而褒之不顯請試論之夫人莫不樂生而惡死非篤於名教者不能殺身以成仁是以趨生之易即死之難不待誘而然也立言垂

教者當勸其所難沮其所易猶懼人之不從也況混而為一哉箕子者所謂愛其生而有待者也故能演河圖洛書之文陳九疇五行之義使天下彝倫攸敘人到於今賴之蓋所存者大故不死而有為也蘧甯者小國大夫位非見危致命之地故有道則智無道則愚非箕子之儔也微子義存宗社抱祭器而歸周使商之祀不絕於宗所慮者遠非偷生者也叔孫通暴秦之博士爾苟脫虎口豈微子之倫邪楊震之於比干異代同德就三仁而言之宜襃干以起教蘧甯叔孫通楊震而言之宜顯震以勸人古之為三公輔萬乘當亡之時負天下之望慕箕微蘧甯叔孫之行者可勝道哉效比干楊震之風者蓋亦鮮矣殺身成仁如

是之難也且震之將死顧諸子謂門生曰吾居上司疾樊
豐之狡猾而不能誅惡孽女王聖之傾亂而不能禁知希
藏虛竭賞賜不節而不責何面目以見日月遂仰藥而死
斯無媿於比干矣然吾觀揚彪事獻帝為三公浮沉亂世
全身遠害而已及魏文授禪微遼甯叔孫之風者乎其子
修壯面事魏坐法伏誅祖風替矣嗚呼震殺身奉國以訓
子孫子孫猶不能守況悠悠世人哉而又混三仁之名跡
開去就之蹊徑欲望教人行勸其可得乎吾故曰褒干顯
震而起教勸人也不其然歟

宋王黃州小畜集卷第十五

十葉　校

宋刻本校

此行廿二字